人类之美，在其忧伤。
唯有忧伤可令事物不朽。

作者，在火车上。

# 目 录

**自序　从众心之心到众我之我**　/ 001

## 辑一　浮世之惑

我终于挤上了火车　/ 013

你是一朵乌云吗？　/ 015

夜半路过一朵玫瑰　/ 016

把手机扔进地中海　/ 017

而路灯无缘无故地站着　/ 018

我想光脚走在大地上　/ 019

冒着大雪去见自己　/ 020

看风吹过山岗　/ 021

爱是我生命里所有卑微的时辰　/ 022

南方　/ 023

艰难的时刻 / 024

追捕 / 025

大地 / 026

三个春天 / 027

想起我那盖世的忧愁 / 028

山居 / 029

春雪 / 030

霜降 / 031

春分 / 032

完美的一天 / 034

阿多尼斯来敲门 / 035

午夜戏剧 / 036

等待 / 038

小暑天 / 039

合欢 / 040

绝望的瞬间 / 041

其实我并不热爱自由 / 043

投降 / 044

一生不够哀悼一个人 / 045

疑惑 / 046

棉花与玫瑰 / 047

当我停止了自言自语 / 048

告别 / 049

在乌云下避雨 / 050

别知己 / 051

无人知晓 / 052

这个清晨在阳台上写一首诗 / 053

月亮的泪水落入他的眼眶 / 054

此刻雨过天晴 / 055

下山 / 056

日常生活 / 057

寒雨 / 058

在月下 / 059

如果明天大雪封山 / 060

细水长流 / 061

有一些废墟在天上 / 062

在隐喻中逃亡 / 063

黄金时代 / 064

大风 / 065

在故乡的星空下 / 066

云居山上 / 067

禁止喧哗 / 068

童年的回忆 / 070

江南 / 071

当我站在牛背上　/ 072

北坡　/ 073

在越是黑暗的裂痕里　/ 074

检瓦　/ 075

未长大的海洋　/ 076

双重回想　/ 077

故乡　/ 078

立春　/ 079

少年　/ 080

局外人　/ 081

读诗日记　/ 082

在路上想起一把弹弓　/ 083

小狸奴　/ 084

以浮世之名　/ 085

在悬铃木下　/ 086

虚空之镜　/ 088

明月照在我的床上　/ 089

在你走过我的墓地时　/ 090

走在时间的边缘　/ 092

亲笔信　/ 093

致云雀　/ 094

滚雪球　/ 095

忍冬花 / 096

春天的形而上学 / 097

我冠此名于世 / 099

当万物回到自身 / 100

想象穿过一座古老城市 / 102

而我还没有路过里斯本 / 103

春天也不能所向披靡 / 104

我恰巧站在了我的身旁 / 106

## 辑二 存在之思

连环杀手 / 111

在窗外看自己咳嗽 / 112

卡埃罗之死 / 113

假如没有哀愁 / 114

信仰 / 115

我喜欢一切漫无目的的事物 / 116

如何理解一枚指纹 / 117

时间的孩子 / 118

为了赞美 / 119

蝴蝶飞舞  / 120

乌鸦  / 121

在风中  / 122

一个乡下女人  / 123

雨天的莫迪里阿尼  / 124

造物主收拾残局  / 125

诗人苏格拉底  / 127

在勃鲁盖尔的月光下  / 130

大地上的亲人  / 133

有时孤独也像太阳  / 135

老家的苦楝树又要开花了  / 136

归乡  / 137

沉默的人  / 138

火焰  / 139

枪托和木鱼  / 140

邮差  / 141

一隅  / 142

无人类简史  / 143

美国  / 144

后现代境遇  / 145

雪花妈妈  / 146

梦的解析  / 147

我是世间最大的神秘 / 148

有关解码的想象 / 149

在清晨读博尔赫斯 / 150

时间之病——致阿多尼斯 / 152

分水岭 / 153

想象 / 154

角度的胜利 / 155

人类社会 / 156

一段猜想 / 157

正与反 / 158

对一块石头的同情 / 159

愿西西弗斯与我同在 / 162

意义之锤 / 164

一个超现实主义之夜 / 165

第七天 / 166

孤独星球 / 167

*Cor Cordium*（众心之心） / 168

万物陷落于荒谬一刻 / 169

在二十一世纪的某些角落 / 170

整个曼哈顿都在健身 / 171

在米纳克剧场 / 172

西部回忆 / 173

在冬天走过布鲁克林大桥 / 174

中央公园在下雪 / 175

在布里斯托尔大桥上 / 176

在戛纳海边 / 177

彩色岛 / 178

异乡人 / 179

牛津回忆 / 180

在朋布洛克街的下午 / 181

在布拉格广场 / 182

过柏林 / 183

左岸 / 184

清晨,在亮餐厅西望 / 185

在污浊了的可能性之上 / 186

面具 / 187

这世界仍需要你的照料 / 188

遥远的聚会 / 189

野花 / 190

归来 / 191

白日梦 / 192

诗人信条 / 193

在灰尘里忙了一整天 / 194

二进制 / 195

风在林间沙沙作响 / 196

人是媒介的延伸 / 197

分母的统治 / 198

曾以物喜 / 199

卖气球的异乡人 / 200

在时间的另一边 / 201

星期天的早晨 / 202

乳房不能安慰自己 / 204

鱼之彼岸 / 205

冬天早已一败涂地 / 206

郊外 / 207

镜中的女人 / 208

艺术之死 / 209

宇宙必定不是无限的 / 210

玉米地 / 211

小夜曲 / 212

死海 / 213

一份尸检报告 / 214

乳房与上帝 / 215

俄耳甫斯的歌声 / 216

若不是为了凋谢 / 217

在下车以前 / 218

想象在时间的尽头 / 219

旅途 / 221

劈开一只鹦鹉 / 222

斧柄 / 223

无辜的荣耀 / 224

看虚无之雨落满江河 / 225

在春天悼念一棵石榴树 / 226

世界消失在年轻的时候 / 227

一种飞扬,在尘土飞扬以上 / 228

假如此刻时间静止 / 229

虚无保佑 / 230

暮年 / 231

这个世界的烟囱都朝着一个方向吹 / 232

繁花 / 233

人类通史 / 234

万物没到觉醒的时刻 / 235

我下山以避世 / 237

我生命中的路人 / 239

卡萨布兰卡 / 241

## 辑三 人的条件

磨剑 / 247

海浪日夜不停 / 248

思想者 / 249

最小的墓地 / 250

隐蔽的战场 / 251

无辜者的花园 / 252

一生的果实 / 253

命运 / 255

戴上口罩准备出门 / 256

词语 / 257

表格 / 259

慈悲 / 260

有关自杀的念头 / 261

唯有悲伤可令事物不朽 / 262

论一根曲线的死亡 / 263

因果性 / 264

自由意志 / 265

人的境遇 / 266

每一刻，某一刻 / 268

蝶中蝶 / 269

当我举起双手 / 270

有限神性 / 271

神明与词语 / 272

荒弃的路 / 273

意义即差别 / 275

玫瑰不为明天绽放 / 276

疑问——致聂鲁达 / 277

消失的世界 / 278

撒谎 / 279

忒修斯之我 / 280

墓志铭 / 281

在希尔伯特旅馆 / 282

朝圣者 / 283

绳 / 284

与上帝一起看戏 / 285

火柴岛 / 286

果因关系 / 288

镜中镜 / 289

光与影 / 290

在巨大的恍惚里 / 291

几个词语 / 293

像有些旋律　/ 294

某个阴天　/ 295

柏拉图之恋　/ 296

世界印象　/ 297

两堆尘土　/ 299

代词可容万物　/ 300

感官世界　/ 303

作为一手经验的梦　/ 304

梦以及上帝视角　/ 305

世界是一面墙　/ 306

卑微的魔法　/ 307

墨水落在地板上　/ 308

在火车上　/ 309

命运是落在我身上的雨滴　/ 311

半成品　/ 312

今日南风零级　/ 313

未来的雨都已落在未来　/ 314

菩萨，菩萨　/ 316

无穷小　/ 318

## 辑四 博物志

海鞘 / 323

几维鸟 / 324

藤壶 / 325

灯塔水母 / 326

鹈鹕 / 327

萤火虫 / 328

绿叶海蛞蝓 / 329

海兔 / 330

尺蠖 / 331

枯叶蝶 / 332

卷柏 / 333

雨燕 / 334

缎蓝园丁鸟 / 335

嘴唇花与口红鱼 / 336

琵琶鱼 / 337

猴脸花 / 338

水熊虫 / 339

千岁兰 / 340

捕蝇草 / 341

## 辑五　泪珠与沙砾

热爱　/ 345

真理与表象　/ 346

肉身　/ 347

灵魂　/ 348

意义　/ 349

光明　/ 350

荒谬　/ 351

理性　/ 352

永远　/ 353

左右　/ 354

稻草人　/ 355

黑暗　/ 356

先知　/ 357

自由　/ 358

烧香　/ 359

炮灰　/ 360

进步　/ 361

哀悼　/ 362

剧场　/ 363

悲喜 /364

万物如其所是 /365

如梦 /366

希望 /367

赞美 /368

结构 /369

词语 /370

四季 /371

凋亡 /372

旋转门 /373

怀旧 /374

过程 /375

饥荒 /376

浮沉 /377

命名 /378

重逢 /379

坍塌 /380

佛塔 /381

教育 /382

远方 /383

泥土 /384

殉情 /385

境遇　/ 386

困境　/ 387

否定　/ 388

时间　/ 389

说谎　/ 390

抽象与具体　/ 391

尺度　/ 392

痛苦　/ 393

幸存者　/ 394

引渡　/ 395

节日　/ 396

落井　/ 397

自知　/ 398

镜子　/ 399

明月　/ 400

仪式感　/ 401

时差　/ 402

心境　/ 403

## 辑六 恍惚集

白雾 / 407

避雨 / 408

蓝猫 / 409

刑场 / 410

黄昏 / 411

枯枝 / 412

黑伞 / 413

天籁 / 414

夏夜 / 415

诗人 / 416

农人 / 417

暮春 / 418

梦里梦外 / 419

大雪 / 420

感官 / 421

邂逅 / 422

芦苇 / 423

潮汐 / 424

泪瓦 / 425

日与夜　/ 426

梦　/ 427

浮世　/ 428

光芒　/ 429

冷雨　/ 430

时空　/ 431

醒来　/ 432

渡口　/ 433

春梦　/ 434

讣闻阅读　/ 435

暗街　/ 436

流浪　/ 437

清明　/ 438

涟漪　/ 439

生命　/ 440

回忆　/ 441

趋势　/ 442

晚归　/ 443

**后记　咳嗽的人**　/ 445
**附录一　你是你的沧海一粟**　/ 452
**附录二　比 ChatGPT 的到来更可怕的是人的消逝**　/ 454

# 自序

## 从众心之心到众我之我

读者看到的是两篇序言。原本想简单回溯"完整的人",并为此打好草稿。过去这些年,如我在书中感叹的——十年磨一剑,我将利剑磨成了剑柄,我心中没有恨了,不再是完整的人了。

时常觉得自己是在慈悲与虚无之间同时走两条路。出于对人的境遇之理解与普遍的同情,我既无法拒绝以慈悲之心观世,又不得不承认生命在本质上的虚无。直接后果是,作为一个习惯逆来顺受的写作者,我渐渐丢失了愤怒的能力。双眼所见,是每个人背负着一条沉重的木船行进在人海。

另一个不完整的细节是在过去的写作中我很少涉及日常生活,更别说人类最本质生活里的情爱与性。我知道自己这些年是如何渐渐失去了内心的自由的。那个原本可以尽情尽性写作的人已经被种种自我规训扼杀了。而这似乎也是许多人的存在之困，当你走上一条道路，其他道路就会作为成本渐渐凋亡。

近年来之所以花大量时间写诗，与我决定寻回"完整的人"有关。我希望自己的文字不仅是理性的，还是诗性的，所以又在评论之外找回了诗歌。

之后的状况是，一场预料之中的积劳成疾让我荒弃了新诗集序言的写作。虽然生病从来不是什么好事，有时它却又像是一个古怪的偏方，专治某些不切实际的幻觉。当我躺在病床上，像是独自在某个荒凉星球上醒来，过往生活中的种种幻象消失了。曾经尚且在意的人世凉薄都变得微不足道，身边只剩下几个亲人，而心里惦记的只有未完成的事。

世人总是叹息不知道意外和明天哪个最先来临。其实大家心知肚明，总有一日明天会戛然而止，死亡如约而至，一切悲喜都将归于永恒的寂静与虚无。

然而我并不因此轻视虚无，甚至认为在没有上帝的地方恰恰是虚无可以代劳。一方面，所谓"向死而生"，说到底就是向虚无要存在，这意味着我们的人生是自由的，而且我们还有机会去赋予人生和万物以意义。另一方面，本质上的虚无同样会以或明或暗的方式护佑众生。试想，当我们挣扎于生活的谷底，想到世事皆空，这种来自生命源头的甚至是普世的无望或多或少都会给人带来安慰。与此同时，如果时空是真实的，想想头顶上的星空孤独地旋转了一百多亿年，我们这些偶然且短暂的哀伤，在此精密运行的宇宙多么不值一提。

活着注定是一个"灵魂上坡，身体下坡"的过程，而疾病通常会以某种棒喝顿悟的方式告诉我们过往生活哪些是值得的，哪些完全是虚掷光阴。在"生存还是毁灭"这一终极问题面前，费力去讨论自己活得是否完整变得不再重要，更不要说人生也不可能完整。所谓"你是你的沧海一粟，你是你的万千可能之一种"。

唯一有希望的是我们依旧在寻找意义和控制意义。时至今日，结构主义者或许会说人是语言的奴隶，甚至消失在语言的结构之中，但不可否认我们依旧是这个意义世界的造物主。而精通意义巫术的诗人与艺术家们更是以此为业。

虽说生活多艰，我又是何其幸运来到人间。当我降临于世，大地准备好了粮食和蔬菜，天空准备好了日月星辰以及大气和雨水，人类的祖先还准备好了意义丰富的语言与文字。除此之外，为了赶走人的空虚、雕刻人的心灵，上苍还将为人间随意播撒各种苦楚与磨难，并在我们死去之时都一笔勾销。就算是一个输了一辈子的人，最后也会因为生命的终结而收获某种神秘的荣光，正如博尔赫斯所说的那样"此刻他像死者一样不可战胜"。

具体到现实，不乐见的是现代文明急速坍塌成一把巨大的尺子，时刻量度人世间的一切，包括何谓疾病与健康，野蛮与文明，邪恶与正义，落后与进步。一群卢梭的子孙、透明性的怪兽正在理直气壮地将每个人的卧室变成人民广场。如果说昨日的世界美在氤氲，而现在一切都被抓捕并堆积在技术的聚光灯下。想想是从何时开始，我们赖以生存的世界已经沦落为一张张令人生厌的乌合之众的手术台。

对诗意的驱逐包括传播技术的无节制扩张和标准化的滥用，从本质上说都是对人的驱逐。设立一个自由的目标，似乎只为变成这个目标的奴隶。越来越多的人因在各种本末倒置的结构之中。正是看到类似结构性的自我驱逐，那些跑了调的现代主义或后现代主义在我心里纷纷落下飘扬的旗帜。

相信绝大多数人都有诗意栖居的激情。这些年来，我注意到同时正在丢掉诗意的是诗歌本身。和许多写作者与批评者不同，我并不反对任何诗歌的形式，也不认为自己必须忠实或诋毁哪个流派。尽管在网上经常会看到一些以切蚯蚓的方式排成的俗词庸句，严重的时候甚至会让人怀疑诗歌的意义，但我依旧相信诗歌不会因为拓宽了使用者的边界而失去可能的价值。

当知为万物命名乃是诗意的开端。人不是在看见玫瑰的时候有了灵魂，而是在为玫瑰命名的时候。从远古的神话到事关未来的想象，正是拜赐于诗意的介入人类才有巨斧劈开宇宙无穷无尽的虚无，并将自己的精神之核置于其中。所以，和其他受困于一隅的艺术形式一样，当那些短见的预言者欢呼诗歌已死时，我只看到正是在诗歌那里人类仍旧保有卑微的神性与尊严。以我对诗歌的粗浅理解与实践，人类想象力不死，则诗歌不死。

在这世上，有些人注定更关注人的境遇或人的存在本身。相较于笛卡儿的"我思故我在"，我是宁愿相信"我诗故我在"的。当一个人仅仅是通过思考客观现实而投奔真理，说到底他依旧只是客观世界的附庸。而诗歌或者诗性的思维则提供了另外一种可能，也就是为他赋予某种并非完全听命于客观世界的主体性。简单说，客观世界创造了（肉身的）人；而（精神的）人却创造了想象世界。前一进程人是客体，后一进程人是主体。

而上天给予我的最大仁慈是在我年幼的内心深藏着几粒诗歌的种子，并且让我在铺满月光的水稻田里捡到自己的灵魂。我至今依旧清晰地记得那个明亮的夜晚。既然"我的身体受之于父母，我的灵魂得之于诗歌"，这种巅峰体验也决定了我不可能将诗歌完全等同于普通事物，尽管在我看来渺小的事物本身和各种近乎呓语的隐喻一样都有其内在的光芒。

几个月前，当我离开医院重新回到家里，每日清晨五六点钟便又坐在了阳台上。伴着窗外的风雨声或如瀑的鸟鸣，任由思绪像拧开的自来水管一样恣意流淌。这是一种无比奇妙的体验，仿佛进入一个诗意而魔幻的世界，眼前的每个字都像在自言自语，又像是对着世上的每个人说话。我不知道世间有多少个天堂，有一个天堂就坐落在我的前额后方。

三十年前的巅峰体验又回来了，我曾经在诗歌中开始我的生命，此后也将在诗歌中结束我的生命，任凭它继续在不可捉摸的韵律中颠簸不息。如同有些诗歌所呈现的，我承认自己每天活在"我是谁"

的巨大恍惚里。如果生命中尚有一点恒久真实的东西，当是我孜孜以求的文字。感谢它封印了我生活中的所有痛苦，并帮我超越于种种混乱、疏离甚至人性的幽暗之上，继续以善的本性抵抗命运。而我为自己设定的诗意的边界是——我看得见在每一颗钻石里面藏着一座废墟，但不会将病人肺里的结石歌颂为夜晚的群星。

先写到这吧。像所有半途而废的艺术品与人生一样，这注定又是一篇不完整的序言。诚然从客观上说有些人写诗是为了虚构某种美好生活，有些人写诗是在给自己的失意雪上加霜，而读者在《未来的雨都已落在未来》一书中即将看到的，是一位生活落难者如何旁观自己之痛苦，一个寻星者如何记录自己零星的诗性与理性的欢愉。几十年间，他沉醉于仰望天空，而命运正在教会他如何照料人间的星辰，像父辈与大地一样热爱每一个热气腾腾的黎明。

**2021 年 7 月 20 日**

重新捡起这篇未完成的序言差不多是两年后的事情。此时有关新冠病毒的恐惧渐渐消退，人工智能的突飞猛进更是让越来越多的人深感忧虑。事实上，自从意识到人类可能是一种迭代而来的物种，在面对突飞猛进的机器人技术时我总有一种挥之不去的末世感。

而过去若干年来我最关注的一个主题便是"人的消逝"。随之而来的是各种从未有过的无能为力。每天我都能清晰地看见科技与人类正在合谋驱逐人类自身，却完全无所作为。在玛丽·雪莱的故事里，弗兰肯斯坦医生尚可与科学怪人殊死搏斗，而在并不遥远的将来，恐怕整个人类终将变成巨兽身上的一片尘埃。

我只能说，唯一欣慰的是到目前为止诗歌还在，写诗者与读诗者还在。

就在昨天，有幸与著名翻译家谷羽先生一起喝茶。几年前谷先生曾经将我的部分诗歌译成俄语，让我一直感恩于心。虽已年届八旬，在我的邀请下，他还中气十足地背诵了一首自己写在八十年代的诗歌。谷先生说之所以主动译介了我的诗歌，还因为在我的《一代人》等篇目中读到了他喜欢的莱蒙托夫的影子。在我的印象中，莱蒙托夫是一个让人听着有些悲伤的名字。他英年早逝的一生与三声枪响有关。最后一枪是同学打的，作为决斗的一方，莱蒙托夫放弃了开枪。二十七岁的年纪，难免让我想起"诗鬼"李贺及其安慰了我一生的"我有迷魂招不得"。而莱蒙托夫没有开枪,冥冥之中也暗合了我写在《磨剑》中的句子。

*我只允许你杀我,而不允许我杀你。*
*这样我们就不算自相残杀了。*

年少时曾惊喜于看到秋瑾的诗,料定此生当又是"走遍天涯知者稀,手持长剑为知己"。而事实上自从握住了笔,我就无意再另寻宝剑,这一生就注定了手无寸铁。为了守住手里的这支笔,我还要时刻想着去除心中的石头与铁。就像本文篇首说的,我只能做一个不完整的人了。

诗意之上是魔法。这是一次非常难忘的聚会。在听完谷羽先生聊完阿赫马托娃是水,茨维塔耶娃是火后,我们还谈到了分身与化身等问题。从不讳言我的诗歌启蒙源于雪莱的浪漫主义,读高中时甚至将其墓碑上的拉丁文"众心之心"视为我的人生起点。几年前在牛津游学时还先后寻访了雪莱的故乡与心墓,甚至不辞劳苦租住在郊区一条以雪莱的名字命名的道路边上。曾经梦想将自己的这颗赤子之心交给世人,几十年来发现它几乎毫无用处。而荒诞的生活也将我宿命般带到了佩索阿的世界，像他一样孤零零地穿越每一座城市，沉思并拥抱众我之我。

从众心之心到众我之我，这并不意味着我的世界变小了，而是我在很大程度上回到了自身，在一定程度上填补了我人生的不完整性。就像唐朝诗人柳宗元所写的，"若为化作身千亿，散向峰头望故乡"。而我所谓的故乡，除了在地理层面的长江边上，还有那个众我之我。我的意思是，即便是自己别无选择去做的唯一之我，我也要让这个唯一之我近乎无穷。

而在内心，我知道曾经的那个理想主义之我还在。今日凌晨，当我再次从鸟鸣声中醒来，窗外乌云低垂，雨季正在到来。再见了，收集在本书里的所有隐喻、事物与过往。慢慢地走啊，每一个字都有一颗寂寥的灵魂。因为有幸活着，我们每时每刻都在感受与见证。也是因为继续热爱着这个世界，过去与未来的雨都滴落在我的心上。

2023 年 4 月 17 日

辑一

浮世
之惑

## 我终于挤上了火车

我终于挤上了火车。
站在过道上,继续读巴尔扎克的《幻灭》,
把硬座让给了身边陌不相识的女人。
有时忍不住停下来。仰起头,闭上眼睛
回味"在那金色的、银色的、蔚蓝的
太空中躲避苦难"。
那个坐在我位子上的女人
以为我正受生活无谓的苦,连忙站起来
招呼我回座位上休息。显然
她并不知道此刻我的幸福。
转天在离家几百里的地方,我还看见
一个乘务员将一位菜农推下了火车。
出于同情或者愤怒,我跳下站台
一声不吭地为菜农捡回了他的扁担和鞋。
这是1992年的夏天,我从学校返回南方时
记录在日记里的几个细节。
当日读到的有关吕西安和巴日东太太
私奔的故事我早已忘得一干二净。
记忆里那些年都在坐绿皮火车,

过了长江过黄河,过了黄河过长江,
在摇头摆尾的车厢里
永远坐着东倒西歪的人民。
我还记得那个夏天没有从家里拿走学费,
在黄昏听母亲和我叹息这一年
可怜的收成。我是哥哥,年轻的时候
应该给贫穷一席之地。
回到北方有时我还会和山里的僧人通信,
告诉传清和松茗一老一少两个和尚
我在继续写诗。虽然很多人都两手空空,
心里却装着一些具体的人类与神明。
而我也在盼望我的启程明亮了整个世界。

## 你是一朵乌云吗？

眼泪,像簌簌的雨滴,
你是一朵乌云吗?

在我的心里卸货,
一张潮湿而忧戚的脸。

## 夜半路过一朵玫瑰

饮水。院子里静悄悄的,
内心却喧闹不已。
这世上只有一种孤独,

夜半醒来的孤独。
若初生,在某一荒凉星球,
四周阒寂无人。

看桌上昨天为自己买的玫瑰,
如果此刻玫瑰能开口说话,
我会搂着她的脖子说些什么?

## 把手机扔进地中海

举起手机,如一根枯枝
举着墓碑。早就厌倦了精神连线,
在每一个后现代之夜,复活
两座遥远的肉身之坟。

有些理想一定要实现,
比如就在这个秋天,热情地相拥。
等日子好起来了,我们
一起把手机扔进地中海。

## 而路灯无缘无故地站着

午夜,琴声,往复,
月光从瓦缝中照进房间。

北风在屋顶上迷了路,
雨水落在高高的树枝上。

而路灯无缘无故地站着,
一定很孤独吧?

为什么我不可以
如暗夜的光,不言不语?

一想到上帝,就亵渎了魂灵,
皆是幻象,为什么厚此薄彼?

一想到春天,就背叛了自己,
说好了的要忘记。

## 我想光脚走在大地上

我是你的黑夜,
你是我的黎明。

栖居于一万种可能性的隐喻
悖谬和一万光年的距离。

日子一天一天地凋谢,不觉老之将至。
时光的墓碑都在哪里啊?

看赤条条豪雨
万箭齐发,

我想光脚走在大地上,
收回被鞋子偷走的情欲。

## 冒着大雪去见自己

在云雀的巢中醒来,
也许高飞只是一种向上的坍塌,
而童话中最先碎掉的是心
然后才是镜子。
这世间的幻象的确够多了,
可我还是想写诗,拍电影,
想去拜访一些并不熟悉的
野兽和神明。
每天以幻象为食,我收集的
尘土和旋涡
已足够拼凑一张月亮的脸。
那些不能将我打开的,也不能将我关闭。
直到有一天,我终于
在冷风中望见你,
像是冒着大雪去见自己。

## 看风吹过山岗

每个人都是要死的，
不用紧张，暴雨将至。
我还有一天的时间
看风吹过山岗。

你花一天的时间来看我，
我用一天的时间向你告别，
剩下的一天我想和自己谈谈，
看风吹过山岗。

一半的生命在水上，
一半的生命在水底。
我是莲花也是污泥，
我以我的污浊孕育我的美。

每个人都是要死的，
暴雨将至，不用紧张，
我还有一天的时间
看风吹过山岗。

## 爱是我生命里所有卑微的时辰

很多年,我爬坎过坡
走过世间最荒凉的落日与江河。

我听过花朵与海啸的声音,
而你仿佛生在此世又不在此世。

恨是天长地久的庸常与占据,
爱是我生命里所有卑微的时辰。

我知道人群中有你
却不知有你的人群在哪里。

下雪的时候,有些道路终将消逝,
有些人却认出了对方。

# 南方

火车向南,雨一直下,
没什么是必须发生的,
除了死亡。

爱情并非必需,痛苦
我也不再热爱,
我的灵魂从此风和日丽。

为什么要搂着荆棘
跳舞?一个手里没有
祖国的人。

我是活着离开这个时代
才终于走进了
自己的一生。

在最后的站台,望见
天上的星光,
地上的菩萨和雪。

## 艰难的时刻

为什么
我给小猫喂食时
满心欢喜?

为什么
我给自己喂食时
满含热泪?

## 追捕

就在他准备谈论
爱情的时候
对面那只
握电话的手
突然忙着去追打
蚊子
就再也没有
回来。
所有人
都能在他眼前
成功失踪,
唯独自己无处可逃,
因为他随时可以
逮捕自己。

## 大地

天堂没有忧愁,
地狱没有希望,都是
不值过的。

我希望大地是我的
榜样。如果我是大地
而不只是大地上的寄居者。

森林屠杀飞鸟,人群
赶走神明。而大地收容所有
草帽、王冠和炮灰。

每天花朵与尘土
一起盛开。在我无数次重生之地,
故乡已是复数,与墓地一样繁复。

你知道人并不比脚下泥土
干净。每一种意义
都是古老的骗局。

## 三个春天

春天一定也孤独吧,
年复一年。一个春天
接着一个春天。

从来都不是
两个春天
一起来临。

除非在明年春天
我是春天
最好你也是春天。

## 想起我那盖世的忧愁

让风吹开
雨的裙裳。

让最美的河流
经过你的命运。

让黎明在薄雾之中
寂静地走。

想起我那盖世的
忧愁啊,便在心里
乐开了花。

# 山居

沉重的时刻,我爱独处
甚于盼望。写诗,饮水,在日记里

研究正在蜕变的昆虫和语言,
林间清浅的鸟啼,风里翻卷的旗帜。

回想月亮照耀宫殿,
也照耀牛栏,在这一生

没有无所徒劳的哀伤,
只闻得见过堂风里的钟鸣。

## 春雪

灵魂打开时
山门也开了。

我来到你春天的庙宇,召唤
凡胎里的神仙。

曲线与直线
缠绕。看惊涛拍岸,

我的平原
落满你山岗上的雪。

**霜降**

我来看你了,
我是你月亮上的
穷亲戚。

九月初十。
运霜的马车
翻了一地。

## 春分

午后,阴天。
小猫趴在我身上
打呼噜。
鼻泡涌动,
一个接一个的
白日梦。

我坐在
单人沙发上
翻书,几本旧诗集,
豆浆机在响,
远处传来布谷的叫声。

这一天,
春天被掰成两半。
左边的一半
正在变暗,
右边的一半
尚未显现。

站起身,
透过落地窗
我看见柿子树
长出了嫩芽。

在没有人声的宇宙,
到处是雨水的
白噪音。

更远处,
我生命中
消失的一切。

## 完美的一天

上帝知道,我已经九次经历了死亡。
死神先是从人堆里找来几只蝎子
将我咬得遍体鳞伤,
接着又派出瘟疫和马路杀手,
还请无条件的慈悲搬空我的心脏,
在春天炸开诗人的血管。

昨晚又梦到一些不好的东西,
按周朝算命先生的意见我是要完了。
可我还看见自己在空中飞翔,
当时天刚下完雨,
一条湿漉漉的道路指向南方。
想到我继续在地球上提着月亮的灯笼赶路,
多么完美的一天。

## 阿多尼斯来敲门

下午或傍晚,订几本诗集,
在瘟疫猖獗的日子,每天

等待米沃什、海顿斯坦、坎波斯
还有阿多尼斯来敲门。

每天在词语的巢穴里避难,
踏过时光的残骸,

一生悄无声息的聚会,
无数老灵魂的幻影。

## 午夜戏剧

有些夜晚,想象我是
万事万物。

是饱腹的云雀
在枝头
凝望。

是醉酒的稻草人
在山间
逃亡。

是白色的雪花
落入黑色的
枯井。

是叮当响的马车
在大雾里
穿行。

是逝去的祖先

在风中
站立。

是干裂的面具
在舞台的中央
安息。

## 等待

过尽千帆
皆不是。以为是
又不是。

大船小船都走了。
我握着一沓船票
困在原地。

继续喜欢
一切可喜欢的
事物。

每天呼吸
月亮、帆船
与大海。

## 小暑天

美好的日子常被人抛弃,
像废铁运到四面八方。
小暑日,我在花园里忙了一整天,
想为你写下一些柳腰般婀娜的句子,
邀请蜻蜓到我的诗篇下乘凉。
两只蝴蝶,在正午的河边飞舞。
现在我的心不比一粒汗滴大多少,
如果再不下雨,我就要搁浅在时间的沙滩上。
期待夜晚来临,我的爱情,
四野静悄悄的,夏虫都已收声,
我仰头枕在你沼泽的边缘,看你的
胸前升起半轮明月。

## 合欢

交织,

生本能
与死本能。

两张
模糊的
面孔,

一边奏乐,
一边挣扎。

## 绝望的瞬间

再绝望的人,
听着这一夜
连绵不绝的秋雨,
也该回心转意吧。

可惜这个清晨,
我出门忘带纸笔,
这一天不能继续
为你写诗了。

有时我活在
火焰之中,
有时我活在
火焰之侧。*
有时我更是正在熄灭的

---

\* 齐奥朗在《眼泪与圣徒》一书中写道:"圣徒活在火焰之中;智者活在火焰之侧。"

火焰本身。

我已无意追求永恒,
永恒的寂寥早已充斥
我的一生。

## 其实我并不热爱自由

否则,怎会甘受生铁
与熟人的奴役,向玫瑰与野兽
俯首称臣。

一个我在囚车里打盹,
一个我在囚车外呼喊。
大雨滂沱,淋湿了所有回家的路。

渡口提前关闭,坍塌的想象之维。
一滴露珠,如何同时
击碎石头与冬天?

## 投降

他已经向生活投降,
然而生活并不优待俘虏。
行刑队端起枪,
站在了时间的河岸。

## 一生不够哀悼一个人

还没有学会在某个具体的时间
为不具体的人哭泣。

原谅我在世上孤独太久,
无法行走在拥挤的队伍里。

也早就习惯独自垂泪,
一生不够哀悼一个人。

这一天,我还要去河边祈祷
旧我已被埋葬,新我尚未降临。

## 疑惑

走在雪地上,
走在时间里。
也许我的哀伤连着宇宙。

所以我在痛苦时写诗,
甚至能感受到语言和人类
同我一起受难。

而在快乐时
却只能听到自己
孤零零的笑声。

我曾梦见一头公牛
为一块红布冲下悬崖。
多像我们。

当没有意义之热情
陷落于
不是目的之深渊。

## 棉花与玫瑰

我已饱经风霜。
请不要介意
这个疲惫的旅人
节能待机的
冷。
世上唯一
纯棉的花朵,
摇曳于秋天的
田野,在我铁青色的
硬壳里面,藏着一颗
洁白且柔软的心。
而世人总是
偏爱玫瑰,爱它
血的颜色,爱的譬喻
以及不期而至的
热烈与速朽。

## 当我停止了自言自语

在意义的沼泽里
攀岩,
怎么也爬不上去。

已经四十岁了,
年年都有作品,
不知还差几部悲剧。

词语在屋顶凋谢,
星星破土而出,
当我停止了自言自语。

# 告别

是时候了,逆流而上,
追寻不确定的光。

一切已经结束,
悲伤永不开始。

一个人失望久了,
绝望都懒得用力。

两滴消失在同一屋檐的雨,
火车朝着各自的方向开。

## 在乌云下避雨

人到
中年,
在乌云下
避雨。
过去
走过的路,
每一脚
都
踩在了
自己脸上。

## 别知己

有时候听到一段旋律就像撞上一颗子弹,
这颗子弹会将我击倒,
让我流下了眼泪,让我相信如果
在年轻的时候死去我可能是幸福的。
这样我就没有额外多写一个字,
没有印刷一本书,
而只是给几个和我一样年纪的朋友
写过几封朝圣者的信,告诉他们
当我看见他们时就如同看见人间的诸神。
或许他们也是那样看我。
我会庆幸自己不曾努力爱过这个世界,
只是偶然路过人世,像一朵花或一个梦,
从春天来又从春天走。

## 无人知晓

夜半醒来,梦里的
人与万物都消失了。
缘起缘落,一刹那的灰飞烟灭
无人知晓。

在清晨摊开一本诗集,
等待词语触动灵魂的扳机,
炸响的火光,以及青烟
无人知晓。

约黄昏一起去旷野里看云,
想象在空中掘一口虚无之井
埋藏这一生的风雪
无人知晓。

## 这个清晨在阳台上写一首诗

想象飞鸟用语法筑巢,
乌云用担架接雨水到天庭。
目光,在屋顶上的沼泽里
深一脚灰,浅一脚白。

横亘在两耳之间的是意义
浩大的深渊。
一根时间的铁索摆荡在雾中,
几只远古的麋鹿一起逃向未来。

## 月亮的泪水落入他的眼眶

每年都有花开,陆陆续续的葬礼。
"我走了,没带走世上一片面包。"
一切物归原主,只是他不知将去往何方。

"大地,把我预订给未来的几十年悲伤
都还给老天吧。"
月亮的泪水落入他的眼眶。

老天知道,这世间从来就没有死亡。
所有隔世消散的灵魂,
都在不同的时空之格里相望。

## 此刻雨过天晴


是啊,诗集总是走得很慢,
但终归比坟墓走得快一点。

不要畏惧死亡,每一粒尘土里都有圣物。
而我梦想的不是鸟巢而是翅膀。

我匆匆路过人世,看够了
断桥、毒药和虚情假意,
刚出土的朝廷与理想主义的拖拉机。

此刻雨过天晴。看你风中翻飞的裙裳,
一个折叠的避难所。

# 下山

一只乌鸦落在树枝上
在和我短暂对视后
又飞走了。
我不知道它的名字,
如一个消失在想象中的
古老的词。

这样的季节
有些人已远走他乡,
有些故事在回来的路上。
下山的时候
我终于听见大河流淌,
我说你看月亮也没有离开中国。

## 日常生活

又一次
从乌云的梯子上
摔下来,
脸上落满了光阴之灰。
补吃被遗漏的药片,
园子里的石头也该丰收了。
忙了大半辈子的房屋和爱情,
和雨水一样赤条条来去。
我们空着手
去见自己的祖先。

## 寒雨

从童年开始,我便学会了
把落在肩上的雨
变成生命之盐。

而现在,这雨
多像我。它

从天而降,

如天使
摔在枝头,

掉到地上,
最后消失

在泥土里。

## 在月下

今晚有三个我
和我一起
散步。

一个我来自
母亲的身体。

一个我来自
词语的裂缝。

一个我来自
命运的伤口。

我们一起
低声谈论人的
诞生,在月下。

## 如果明天大雪封山

语言的马车已经叛逃,沉默开始
在午夜掌权。破碎了的水罐
就任它破碎。

太阳扣动扳机,月亮敲响木鱼。
在这世上利益总会有一些。
如果不能像坏人一样吃肉,
就像好人一样叹息。

我是我生命中的过客,命运的旁观者。
不再嫌弃自己和世界的不幸,去河边
找一块云雀大小的鹅卵石,
这样我就有了第十颗坚硬的心。

"一切有为法,如梦幻泡影,
如露亦如电。"《金刚经》亦作如是观。

如果明天大雪封山,就劈开
几个叹词在墙上焚烧。

## 细水长流


经常在院子里
喂猫的老人说
小区的很多小猫
早在前年
就被冻死了,还有一些
是被外面的野狗
给咬死的。

直到这时我才意识到
楼下的小猫的确
丢了不少。
说什么细水长流,
许多残酷
都发生在
不动声色的日常。

## 有一些废墟在天上

徒步穿过
蔚蓝色的旷野,
一架犹豫不决的
客机
坠落在梦里,
无声无息的
火光
与巨响。

有一些废墟
在天上。
如时间的
褶皱
被摊开,
每个夏日
我过往的爱欲,
几块坍塌的积雨云。

## 在隐喻中逃亡

命名即创造,
想象即诞生。

在一张白纸上看见大雪纷飞,
奥克塔维奥·帕斯的信条。

我看得见事物本身,无数诗人
抱着一袋子的隐喻在街角要饭。

还看得见隐喻不是黄金是避难所,
每天有无数的喻体带着本体逃亡。

当我说我是整个宇宙时,
我已经藏匿于宇宙之中。

当我渴望重生时,又在黎明
瞄准镜子开了一枪。

## 黄金时代

为什么我的心
容得下整个宇宙

却忍受不了
一只蚕

吞掉了
我

想象中的
黄金时代。

# 大风

大风吹翻了先秦诸子的马车,
吹落了唐朝仕女的月亮。

吹跑了宋人的草帽与土地,
吹断了半部人类简史,宇宙唯一的倒流河。

吹干了空中的细雨,还有
时间的海水和它所有的源头。

现在大风又吹醒了我的身体,
可我想不起自己从哪里来,到哪里去。

到处都是阳光的钉子和异乡人,只见他们
一人举着一张渔网,一代守着一个池塘。

## 在故乡的星空下

也许逃离故土
是一个致命的错误,在人生
这浩大的戏剧落幕以前。

若不是憎恶贫困,
我本可以亲近种子
远离人海。

可以在记忆的
苦楝树下煮石炼字,
每日剥开意义的群星。

人若是学会了仰望,
在故乡的星空下和在世界的星空下
能有什么不同?

## 云居山上

我紧靠岩石,双脚
浸在溪水里。
山路簇拥着无数
星星的碎片,混杂着
半湿的泥土和落叶。
大风刚刚过境,几只蝴蝶
在林间时现时隐。
生活退无可退,所幸
我还有诗歌,
以扶摇篮的心情
等待世界安静下来。

## 禁止喧哗

云天模糊了边界,
一片致命的灰白。
当眼皮开始打架,我决定
在最近的服务站先打个盹。
这里没有一个村庄,在古怪世界的边缘,
我遇到许多人,他们一无所有,
忙着争吵又忙着逃难。

或许他们同时又在寻找什么,
每个人都在黑暗里往还,不停摇晃,
像手电筒里跑出一束急切的光。

大树边上的俱乐部是土坯和石灰做的,
白墙上有几行涂鸦——既然战争都是
醒着的人发动的,就请给沉睡的人
和死去的人一起颁个诺贝尔和平奖。

这是我离诺奖最近的一次。
最后看到的是一辆褐色的坦克

挂着禁止喧哗的铁牌来到加油站。
一个声音在风中飘荡，还有许多未来的星辰
正在躲进古代的天空。

醒来时，在汽车的挡风玻璃上压着
一层薄薄的雪花。
二十一世纪的某个冬天，
我在梦里开始了这一年最后的一场雪。

马达开始轰鸣，方向盘转动，雪仍在下，
我还要继续未竟的旅程。
我知道不做梦的人是幸福的，
而梦却差不多是我的所有。

## 童年的回忆

大人又在争吵。
家里唯一的一盏油灯
摔倒在了杉木书案上。

老大老二老三先后醒了,
光着脚,从一个噩梦
爬进另一个噩梦。

窗外的风,吹进黑色短筒套鞋。
被子里的几只寒号鸟
咕咕了一整夜。

这天清晨,大雪封门,
大自然的儿女
突然忘了各自的酸辛。

## 江南

历史终结于灰烬,
大地开始于尘埃,
我开始于你,
我知道你是爱我的,
和过去一样知天知地地爱着我,
我的江南。记忆里
一次次走过的暮春三月
与松树林,满地黑褐的
松塔与佛塔,
无名的山岗,红色的土壤镶嵌着
数不清的碎石、沙砾和星辰,
脚踩着簌簌作响,我上学路上
终日不绝的雨声和鸟鸣。

## 当我站在牛背上

牛是 X 轴,
我是 Y 轴,
一个坐标系
游荡
在风吹稻浪的中途。

当牛吃饱了,
我也开始饿了,
回家路上
月亮还没有亮起来,
栀子花开满山坡。

## 北坡

北坡的灌木丛里
有一座荒墓,只要弯下腰
就可以看到白色的头骨。
路过的孩子
从来都不敢走得太近。
炎热的夏天,
墓穴的中央空调
吹出冷风。
没有人知道这里是谁的
尘世终点站。
那也是我经常骑牛出没的山谷。
偶尔会听到大人们谈起
天上的爱情和地下的神秘,
以及各自的一生,不断地生儿育女,
挑起田里的谷物换回布匹与盐。
而我还没来得及细想自己
未来的命运,
第一次看见摩托
就如同看见仙女下凡。

## 在越是黑暗的裂痕里

很多年前,没有任何征兆,
甚至没留下半张现场照片。

我的童年悄然死亡。从此
我和月亮都变成了遗孤。

童年与我没有经历
相同的死亡。他对我后来的命运

一无所知。仅以亡灵的名义
继续死人照顾活人,时而近乎哀求,

"走我走过的路吧!"
他谦恭如万物。

月亮和我,一对难兄难弟,
每日捧着心里唯一的光辉,

在越是黑暗的裂痕里,
就越不敢卑微。

## 检瓦

"晴日须检瓦。"扶正梯子,
父亲爬上屋顶,独自视察
卧在青瓦间的一百条河流。

雨季来临,檐下滴水成瀑。
我在儿时卷起的裤腿
一辈子再也没有放下。

## 未长大的海洋

天鹅还没有到过我的村庄,
从前的事物就已经在这里
悄无声息地凋亡。

最后一次回来,老屋后的池塘
早被推土机填平。像一抔故土活埋一个故人。
我儿时的池塘,未长大的海洋。

我独自走了很远的路。
这世上,大多的梦我都已经忘记。
现在我的乡愁也死了。总会有人打来最后一枪。

在遥远而宁静的夜里,我与万物各举酒杯,
只看见我死去的池塘和死去的乡愁驾着
露水的马车一起去天堂。

许多人都知道我的忧愁,
这世上的桥越修越宽,却不再有
一条铺满月光的道路带着我回到故乡。

## 双重回想

叮当叮当叮叮当,
收破旧凉鞋的小贩
横穿村子,往返。

一群蝴蝶
绕着村子,
转圈。

像极了北京
早些年的
地铁一二号线。

## 故乡

肉身已经准备好了,
还有粮食和蔬菜。
父亲母亲围着村子劳作,
天暗了又明。
直到一个神秘的夜晚,
皎洁的月光铺满大地,
我吹着芦笛,在旷野
捡到自己的灵魂。

## 立春

那一天,父亲
带着我
还有他的小时候,
我们四处游历,
三个好朋友。

## 少年

天空
从不镇压
闪电的
叛乱。
我唯一的罪行

对着太阳
浇水,
在十二岁的
春天
成为春天的
一部分。

## 局外人

父亲不懂
我的雕塑,
只是很早就学会了
在每一颗谷粒上
雕刻河流。
母亲不懂我的诗,
就像诗
也不懂自己。

## 读诗日记

1992年8月28日。
微晴。匆匆翻完
艾略特的《荒原》,
倒在日记里写下
我的诗篇——

这一天我看见自己
孤零零地站在
大地之上,像圆苦果的枯蒂
与这颗星球一起
从宇宙之树上
掉落下来。

## 在路上想起一把弹弓

听着《雨中的旋律》,
独自走在林间小路上。
哦枝头啁啾的麻雀,为什么
在仰望你时
我首先想到的
是儿时的一把弹弓?

你知道我来自
始于远古的黑夜,
身上还流淌着
狩猎者的血。
我该如何自信地
举起良善的火把,
或远或近,
站在无数恶棍之间?

## 小狸奴

自从
有了
小狸奴,
我就丢掉了
康德。

在它的眼睛里
我看到了
头顶上的
星空。

在它的口粮里
我听到了
心中的
道德律。

## 以浮世之名

黑色的雪花,白色的夜。

沉重的露水,轻飘飘的铁。

湖底的山峦,天上的鱼。

甜蜜的苦楚,失意的凯旋。

翻转不停的静止,模糊不明的确定。

几十年过去,背对沙漏和月亮
继续在意义的泥潭里冲锋陷阵,
以浮世之名,却忘记

站在童年湿漉漉的巷口
我已写足了毕生的诗篇。

## 在悬铃木下

我不是牧羊人,没有可以举起的皮鞭
和需要细数的羊群。
也不擅长睡一个好觉。常常
在失眠的夜晚起身,去捡拾碎裂
在书桌上的悲观主义的雨滴。
也许并没有什么悲剧,只是一首诗还没读完
天就自作主张地亮了。
习惯了就好,你知道这世上
所有的事物都在半途而废,
如被抛弃的艺术与爱情以及我们的卑微之命。
而人总还是要学会善待自己,
在春天,想起了博尔赫斯,
海棠花就一直开到了布宜诺斯艾利斯,
在秋天,想起了自己,
送葬的队列就一起排到了月亮和巴黎。
大风刮了一整夜,
今日早早出门,院子里的叶子落了一地,
我对着悬铃木说人类最大的慷慨就是
为死去的人加冕,

正如此刻我站在你的身旁,
为了一边抵抗死亡,
也为了一边抵抗尘世。

## 虚空之镜

北极熊南下,大象北上,
动物都变了心。
我亲自放牧的黑夜
也走丢在这个黎明。

清晨在天台上听 AI 读诗,那些
宋体字一样的声音曾经让我着迷。
黄昏在树底徒劳地转圈,
哪一根枝丫是树的右臂?

也许就在明天,我收养的时光
都将离我而去,
而墙上的时针
终有一刻指向悲悯。

墨水与青铜铸刻的乳房
可能哺育灵魂,而世界仍然需要
虚空之镜。请头顶上的虚无带我接近永恒。
每日暴雨倾盆,从不见它坍塌一角。

## 明月照在我的床上

你是离我最近的房间。
夜半醒来,明月照在我的床上。
也许那是死神慈祥的目光,
在这平坦无瑕的夜晚,接纳我。

哀悼与腐朽还没有发生。
四周静悄悄,在猎物繁多的人世,
远处的金蛙也停止了鸣叫。
消失不见的人们啊,笑着迎接我。

## 在你走过我的墓地时

在你走过我的墓地时,
不要惊讶上面什么也没有。
我还在世间漫游,
像从前活着的时候
人畜无害,谦谦君子。

像一缕暗淡的光独自在世间漫游,
去米纳克剧场看一场暴风雨,
继续在《人类前传》的戏剧里
袖手旁观,却又身兼
国王、诗人与小丑。

路过所有爱过我的女人,
道路、房屋或花朵。
就像曾经有过的无数白天和夜晚。
还要向命运献上我的感激之情,
因为我的消失,世界如此安宁。

在你走过我的墓地时,

不要惊讶上面什么也没有，
这世上所有的流浪者啊，
云朵和雨水的子孙，
活着时没有归宿，死后也不必拥有。

## 走在时间的边缘

借我
隐姓埋名的
独来独往。

借我
久别重逢的
泪流满面。

借我
一场海市蜃楼
看见我的末日连绵不绝的雨

走在时间的边缘,
分不清哪些是人,
哪些是雨滴。

## 亲笔信

每一个字
都是写给自己的。

每个人都活在
对自我的热望里,

又都在别人的
梦里客死他乡。

## 致云雀

继续走下去吧,我的心。
请安安静静地挨过
每一个艰难的时辰。

像一只孤独的云雀
不断飞升,在蓝宝石的天庭
无数故我新我夹道欢迎。

## 滚雪球

一个雪球，

一个花园里的雪球，

一个冬日花园里的雪球，

一个我看到的冬日花园里的雪球，

一个你和我看到的冬日花园里的雪球，

一个你和我重逢时看到的冬日花园里的雪球，

一个你和我重逢时看到的冬日花园里消失的雪球，

一个想象中你和我重逢时看到的冬日花园里消失的雪球。

## 忍冬花

早上醒来，院子里空无一人。
几只小鸟在墙洞里筑巢，
春天尚未来临。
我为灵魂披上黑色的外衣，
跟着它穿过窄门到大街上去。
我在这世上已经活了很久，
看过足够多的悲伤与混乱，
很多罪恶我依旧一无所知，
任何人的痛苦都不能给我安慰，
日记里也不再记录我的幸福，
记忆与时间，双向奔跑的河流，
为古老的宇宙运送废墟与星辰。
我愿你和世间万物结为姊妹兄弟，
而我在世间万物之中瞥见你
多舛的命运和你
开满忍冬花的黎明。

## 春天的形而上学

我们一起去看花,沿着几米宽的河岸,
狗尾草还没有铺满大地,
水面上的微风轻轻漾起云天的波纹。
白玉兰和紫玉兰难分先后地开了,
无数不问意义的灯盏。
还有桃花,樱花,迎春,紫荆,紫叶李
以及黄色的棣棠和正在飘雪的海棠。
我们一言不发地走着,和春天一起
重新安排宇宙的秩序。
当雨水落在身上,睡意缱绻的丁香也来了,
簇拥在高大绿杨的树底,
我看不见它们有什么忧愁。
为什么人间充满苦难?
你知道世上的花朵从不相互折磨,
也不会为其他事物的生死感到为难。
虽然没有努力探寻过事物背后的神秘,
但是偶尔我也会为自己背弃自然不安。
如果春天不曾命名,每年就只有花开花落。
如果我不在人类之中,什么又是

我与诸神的本性？
在灰喜鹊的叫声里，我们一起走到夏天，
凌霄花就开满了一整个的夏天。
渐渐缩短的白日，接下来还有月季，虞美人
和许多理想主义的花朵。
我们继续走着，脚印压着脚印，
一直走到秋天的大地结满春天的果实，
在冬天的炉火旁收获几个孩子温暖的梦。

## 我冠此名于世

我冠此名于世,走在大街上。
我坐在你的身旁,颠沛流离。
我在深夜说着只有雨滴能懂的言语。
我蹚过大河,然后在大地上沉没。
我与人世一样半途而废,
我是宇宙静悄悄的宿命。

## 当万物回到自身

我仿佛不在此世。今日一如往常,
五点钟醒了就立即起身,
去迎接无数个我从四面八方醒来。

每天尽情体会,
闭上眼睛的时候我只是一个,
睁开眼睛的时候我又是一群。

一起早餐,喝咖啡、豆浆和茶,
欢迎他们赠我以诗句、观念
或任何有趣的故事,我会和他们中的
一个或几个交谈一整天,
有的还会持续数年。

停下来时,外面的杂货铺早已打烊,甚至
连店铺的主人也换了几回。
附近的路上没有我需要的兵器,
远处的森林里也没有我要寻找的猎物与人。

偶尔有人一起闲聊，
感受每个灵魂都夹杂着奇怪的口音，
如坚硬的雨滴打在脸上，那一刻的我们
又都是大街上的异乡人。

静悄悄地生活在一个地方，
我已不在意心里藏着落叶还是藏着黄金，
那些遇见我的人都说看得见我两手空空。

而我还看见万物回到了自身。

## 想象穿过一座古老城市

太阳照常升起,并不是
所有人的太阳都会升起。
梦醒了,做梦的人还在沉睡。

这世上有多少颗心破碎了
会连成沙漠?多少个我消失后
会散落为满天星辰?

像薄雾,每个人都飘浮
在宇宙的表面。如果此刻
我能走进一个哀伤者的灵魂。

想象在黄昏穿过一座古老的城市,
那里诸神如雨,
落满了橙色屋顶。

## 而我还没有路过里斯本

从火柴岛出发,到南方以南,
现在只走了一半。
或许未到天堂河就下车了。
厄运正在扼住五月的咽喉。

我曾路过很多地方,穿越
装满石头、薄雾与铃铛的小城和村庄。
每天都在挥手告别,
活着就必须练习死亡。

每天都在穿行死亡的窄门。
当时间戛然而止,万物随我一起消失。
而我还没有路过里斯本。
想象司机跳下有轨电车,
说我们休息一下吧,在夕阳下沉的时刻。

## 春天也不能所向披靡

寒雨下了一整天,有客不期而至。
记住狄兰·托马斯的忠告
不要温和地走进那个良夜。
而我最该庆幸这四季轮回,在春天之外
还有死亡和冬天可以通灵。

人生而破碎,在冬天路过
这一起破碎的人世,
时刻逡巡于无数梦境的雾霭之中。
我知道天堂没有痛苦,地狱没有时间,
少了冬天的人生同样是不值得过的。

想起雪莱热情赞美过的
那些春天。我曾盼望过
无数个冬天的春天啊,
其实春天也不能所向披靡。

当大风吹灭天上的月亮,
有些飞鸟重归人海,有些大鱼游上山岗。

而我直接被风刮回了周田镇。
那里冷冷清清，时而人声鼎沸，
一群吃石头的野兽
正在吃掉一座青山。

许多美好的人和事物都过早地消逝。
有些人能够穿过大雨后的兵荒马乱，
活下来时仍像一泓明亮的积水。
而我年少时没有绽放的爱情的花朵
已经足够一生的时间来凋落。

也许还可以离春天和盼望更远一些。
如果没有孤独，我将如何走向
唯一的自我？
如果死神两手空空，万物
又将如何存在与共处？

有些种子一生都在旅行，直至最后沉入大地。
普天之下，莫非净土。我看见自己
继续在宇宙的虚空与无穷之间摆荡。
不要为了春天而辜负冬天，
我的灵魂就是我的护身符。

## 我恰巧站在了我的身旁


"上帝死了,圣诞老人还在。
我死了,整个世界就崩塌啦。"

想象中的这一天,我又一次回到了
毕沙罗的蒙马特大街,坐在咖啡馆里,
我们谈论了许多与真理无关的事物,
加奶咖啡、博尔赫斯、塞纳河里的女鬼
还有浪漫主义。假如末日最终来临,
谁将为人类写下最后的悼词。

这一天的天气完全站在好人一边,
那个萍水相逢的女人
没有和我继续交谈下去,可能只是因为
我提了一些无需答案的问题,
而她并不关心人是被判了死刑才来到世界,
还是来了世界才被判处死刑。

在我心里其实结果都一样。
重要的是我们这些人世的签约者,

当年甘愿冒着必死的命运来到
并不完美的人世，
至少曾经这样想象过一次
——那遥远的人世啊，
大概就是天堂的模样。

而现在我已经厌倦了虚构。
可能那天我没有交谈，
没有与任何人相遇，
之前也没躲在世界的某个角落盼望过天堂。
当左腿的胫骨不小心磕在了路边的生铁上，
我只知道万物都有疼痛，
而我恰巧站在了我的身旁。

辑二

存在
　之思

## 连环杀手

我是杀死过多少个自己啊,
才活到了今天。

## 在窗外看自己咳嗽

在窗外看自己咳嗽，
一根折断的树枝
蜷缩在沼泽里。

如果无法痊愈
就去另一个房间。

在天花板上看自己咳嗽，
一根折断的树枝
蜷缩在时间里。

## 卡埃罗之死


我骑马来到马德里的时候
佩索阿正被挂在一家博物馆的墙上展览。

想起这个葡萄牙诗人一生有很多名字
却只够爱一个人,可怜的欧菲莉亚。

名字多了有什么用?有一年以佩索阿之名
他杀死了另一个自己卡埃罗。

每天我有无数个我走在不同的道路上,
谁为谁行刑,谁又是谁的劫持者?

## 假如没有哀愁

就要下雪了,
这样最好,早就厌倦了晴天。
假如没有哀愁
活着还有什么指望。

连下几天暴雨也好,
让天上的河流
连接地上的河流
让几棺材的乌云入土为安。

一个丑陋的时代
总会有几个美好的夜晚。
一条肮脏的街道
也会走出几个好人。

正义与真理
都不能许我以人生。
一颗入夜的露珠
悄悄滴落我的灵魂。

# 信仰

早上信儒,
中午信释,
晚上信道。
我狡兔三窟的灵魂,
穿过莽莽荆棘。

## 我喜欢一切漫无目的的事物

读辛波斯卡,看是枝裕和,
整理书架,擦拭尘土,
做一个白日梦。
我怀念所有穿越世界的旅行,
每一条孤独奔跑的河流,剧场外的云石,
头顶的星空,庭院里下落不明的雪,
活着,而不是占有。

几个版本的玛丽,枕边的F大调协奏曲,
咖啡馆里的嘈杂,没有地址的信,
徒劳的怦然心动,碌碌无为的雨,
未进化的萤火虫之光,不标价的眼泪,
我喜欢一切漫无目的的事物
甚于哀伤。大街上的人来人往啊
以及年复一年的春。

## 如何理解一枚指纹


哦,匆忙的赶路者,
松开你的拳头,此刻

请停下来,摊开双手,
像一位来自远古的游吟诗人

想象指纹里有星辰与光芒,
十个银河系在指尖旋转。

## 时间的孩子

在腕上画一只手表。
静止的时针
拦不住时间的蜻蜓。

在黎明摘下的星星
黄昏时变成了
绊脚石。

在冷风中
怀念儿时的冷雨
如怀念一盆火。

用祖先的文字
和现世的苦难写一首
未来的诗。

## 为了赞美

为了赞美
我学会了捕捉。
将一只萤火虫
装进玻璃罐子
照亮我黑暗的童年。

如今我也在
一个透明的盒子里闪动灵魂之火,
不知道是为了谁的童年。
而我又因何被囚禁
在这茫茫人世?

## 蝴蝶飞舞

死去的人还会
互相交谈吗?
在墓地,
看得见的 Wi-Fi 信号
时远时近,
蝴蝶飞舞。

## 乌鸦

一只乌鸦
正在归于尘土,在路边。
世上的人们也在
相继离去,
树枝上
晒干的雨滴。

## 在风中

风在风中
寻找被自己
吹跑的孩子。

我们站在河边交谈,
两个人世的
观光客。

雨还没下,
到处是
黑天鹅。

# 一个乡下女人

活着的
时候,每天
雕刻自己,每天
将自己拖出
泥泞和苦水。

一个长着
瓜子脸的
漂亮女人,死后
不忘在地里
长出一棵
向日葵。

## 雨天的莫迪里阿尼

唯一要做的是画妻子的眼睛,
而不是教堂。
已经三十多岁了,灵魂比脸干净
和裤兜一样干净。

在天上流浪,在地上哀伤。
一月的蒙马特和莫迪里阿尼,
这个心比手更凉的男人
又喝醉了酒。

已经绝望的,安慰正在希望的。

下雨天,为所有的眼泪
都准备了结局。
他是她的灵魂,她是他的梦。

## 造物主收拾残局

一个叫莱昂纳德·科恩的老头
死在了我的手机屏幕里,同时死去的还有
一位诗人,一位歌手,一位艺术家,
一位情圣和一位修行者。

就在今天早晨,有人准备
为他们流一天的泪,相信万物皆有泪痕。

其实我也死了,在未来的某一天,
这个世界我已经熟悉,
也早该去另一个世界看看。

具体钟点不详,白天或者夜晚,
书还没有合上,柚子刚刚切开,
院子里白雪皑皑。

只是结束,一个漫长的梦。
我在这个世界死去,
在另一个世界醒来。

或继续写诗与歌唱,投靠欲望本身,
"爱也许盲目,但欲望却不。"*
活着乃我唯一分内之事,

直至最初的星空遇见最后的河流,
我浩浩汤汤的爱欲啊,
明日已定,造物主收拾残局。

---

\* 出自莱昂纳德·科恩的诗歌《老人的悲哀》。

## 诗人苏格拉底

那是我吞下
月亮的第二年,
头上顶着一朵乌云
去菲力波普山看苏格拉底。
指路牌没有告诉我
这里还关押过谁,
谁又曾经为了借死越狱
甘愿饮下毒酒。

这一天的风和历史的雷
都静悄悄的。
从山坡上捡起一块
和影子一样清瘦的石子,
在被时间的巨浪
卷走以前
我将它立在了监狱外墙的
石窟之中。

这样我就

重新定义了世界
最古老的监狱,
并且在内心多了
一座佛塔。

在挣脱人世之前
先挣脱自身。
自从进了监狱,这位
活在《斐多》里的
感人至深的
赴死者与提问者
终于接受了诗,
因为不否认梦。

隐秘的河流日夜不息。
是诗歌与艺术,和命运一样
弯曲而丰盈。
永远不要抛弃那些
可以通灵的曲线,
真理同样深藏
在曲线之中。

为什么有的人
一生都在思念帕斯卡?
站在人类的芦苇地里,
我曾经无数次见证
人在人中死去,
火在火中熄灭,
更相信我
是我的重生之地。

而我对雅典的赞美啊
不仅是为了
奥林匹亚山上的
神迹,
还为在人的雾霭中
苏格拉底
反对苏格拉底。

## 在勃鲁盖尔的月光下

拉开窗帘
遇见一堵白墙。
现在就开始,

在没有天空的
都市,画一轮
勃鲁盖尔的月亮。

画一个公开的秘密。
人类之痛苦只够
用到世界末日。

画警察与耶路撒冷。
和不相干的人排队
去火葬场。

画一个西西里的美丽女子
坐在秋千上读
墨索里尼。

画人类以外的
风吹草动,两只天鹅在清晨
互拔手枪。

画几滴死神的眼泪
和一叠被抛弃的
死亡日志。

画到处都是
灰白的旋涡,
地球变成月亮。

画一个怀旧的时钟
每天倒着走,
昨天又是崭新的一日。

画无数生命
在无数时空中
苏醒,以永恒的寂静换须臾。

画一个巨大的笼子
让真理的兽群

不再伤害意义的蝴蝶。

最后画一个新年的愿望。
铁石心肠的人
捐出身体里的石头和铁。

再画一个东方的孩子,
我忠实的替身
抱着吉他来到平民街。

## 大地上的亲人

母亲,我知道大树
朝着两个方向生长,建造
巴别塔的人也在建造深渊。

母亲,我试过与太阳和月亮
桃园三结义,现在不得不和面具
与兵马俑困在一条贼船上。

母亲,不要为我辩解,也不要
湿布投火。那些流水线上的
流水,石头城外的石头。

母亲,我看见无数渺小的人
守着巨碑一样的哀伤,愿他们
内心的风暴终有止息之时。

时间停止了,废墟在继续下沉。
母亲,我看见百年孤独的雨落在我的心上。
是我死了,还是春风吹醒了我?

母亲，借我生命的人
也借我灵魂，请将花朵赐予
泥土，将岛屿赐予海洋。

## 有时孤独也像太阳

我时常
仰望星空，
在夜晚，
在地球上。

地球是宇宙中的
一颗星，
我是古老的星空
一部分。

那个孤独的
外星人啊，
此刻正在何处
仰望我？

想想有时孤独
也像太阳，
会将黑暗中的人心
照亮。

## 老家的苦楝树又要开花了

一个声音说,世界皆数。
另一个声音说,世界即隐喻。
三月的最后一天,为讲解我所在的人类,
在课堂上我带着几个学生
同时踏进两条河流。
世世代代,在杂草丛生的人世
我们以数字运算真理的沙粒,
以幻象繁育意义的群星,
而现在,每个人都在变成一堆数字,
变成可以精确运算的真理的一部分,
或直接为真理献身,或人生随时被证伪。
幻象也有机器代劳,仅便于观看而非想象。
我看到意义的河流正在这颗星球上消逝,
人类的心灵开始进入枯水期。
就在此时我突然想起在这个春天,
老家早已消失了的几棵苦楝树又要开花了。
我说人还没有丧失最后的领土,
我不能原谅自己心里想着一树一树的花开
却在这里和你谈论虚无。

# 归乡

两个老男人,
走在山坡上。

一个嘴里哼着
"大路带我闯天涯,小路带我归故乡。"

一个怀里揣着一堆皮包骨头,
他最后的宝藏。

## 沉默的人

像个钟表匠,整日一言不发。
这个光着脚的男人什么也不怕,
什么也不寻找,
只是沿着自己的脚印走完一生。

面包,石头,露水和羊齿草,
哪一样才是神的食物?
这世上的庙宇倒了就倒了,
如果大地还在。

## 火焰

白色挡在
门口,
黑色将他
隐藏。
天空是蓝色,
火葬场里的
灵魂
在冒青烟。

一辈子
都不温不火的
人,终于点燃
自己
最后的火焰。
在人世,隐秘的
热情
至死不渝。

## 枪托和木鱼

如果枪托和木鱼来自同一棵树,
一起倒下的战争与和平,
在雪地上思念对方。

如果死神如满月,
站在上帝与秃鹫的高度
照耀落满渡鸦的大地。

如果一切事物都在大街上奔跑,
包括雪花,原子弹,走音的提琴,
慌不择路的文件夹与长颈鹿。

包括大海、来世及
童年路过的铁匠铺,
继续冒着火星,叮叮当当的风铃。

如果现代只是前现代的热
遇到后现代的冷。地球正在变暖,
人心正在变凉。生命在没有意义的地方聚集。

## 邮差

对方正在输入,一条生产线,
远方彻底消失于算法。

拒绝等待,
后现代之美。

没有哪条道路不生长盼望,
《邮差》里的邮差,羞涩的马里奥已死去多年。

一起沉没的还有隐喻、岛屿,
聂鲁达绝望的诗。

"我喜欢你是寂静的,
仿佛你消失了一样。"

——而你啊,是真的
消失了一样。

## 一隅

一棵树站在
自己的
阴影里。

一个人躺在
自己的
黑暗里。

连金属
都会疲劳啊!

我们正身处
何方?

在这广袤的宇宙
谁不是困在一隅
悄悄抵抗命运?

## 无人类简史

从动物
到上帝,一部
人类简史。

当人类开始
扮演上帝,
终于可以将自己
逐出伊甸园。

《圣经》故事的
另一个版本是

因为夏娃受了蛇的引诱
亚当被逐出了伊甸园。

人类历史
从未发生。

## 美国

乌托邦的魔盒
已经打开。
接着
打开
原子弹。
打开
人工智能。
打开
唯一
的正确。
打开
一个篮子里的
人类。
黑天鹅,
灰犀牛,
过山车,
不归路,
马斯克,
末世感。

## 后现代境遇

大雾四起,走到哪儿了?
一人一个王冠。我们如此富有,
却又如此孤苦伶仃。在这个叠加了
前现代与现代的后现代城堡。
我不能原谅达尔文用一只猴子
换走了我们的祖先,
如今无意义的鹰隼又在城里城外
四处打劫与盘旋。
时间的大河已经断流,所有向上的旗帜
都被砍掉了,再也不用争辩沙丘与荒原,
谁是圣徒,谁是深渊,
你知道上帝不是死了一个,而是死了一群,
剩下的道路该通向哪里?我的爱人,
我还没有找到一块完美的土地
和真正属于自己的房屋与生命,
当来自前现代的巨兽大到顶天立地,
而流亡在后现代的每个人都越变越小,
我只看见我所深爱着的人与花朵
正在消逝于机器之海。

## 雪花妈妈

气温骤降。雪花妈妈
对躲在乌云里的孩子们说

"在越是寒冷的地方
就越要清白。"

只有天上的雨水知道
这清白就是他们
一生的风雪。

## 梦的解析

老屋后的菜园子,
一条鲸鱼
蜘蛛网里挣扎。
在这个蓝色的夜晚
我又飞上了天,搁浅在
天庭的树枝上。
手握看不见的荆棘,血流汩汩。
周围阒寂无人,只有我
在旁观这个人的受难,心里
没有一丝痛楚。
为什么我对自己的命运
如此无动于衷?
如我与人世隔着一条
宽阔的河流。

## 我是世间最大的神秘

明天没有来临,
在今天睡又在今天醒。
我是世间最大的神秘,
独自谢幕或开场。
仅凭感官撑起群山与星空,
云的消息,所有连绵不绝的
暴雨倾盆。
存在,然后转瞬即逝。

走过的路多了,
人就会开始相信命运,
浑然无知命运,那古老的狂风
将自己吹向哪个角落,
一道道偶然性之墙,
寂静的猴爪,落难的旗帜,
为什么我是我?除了上帝
万物另有神秘。

## 有关解码的想象

我常常想象即使是
在一块最普通的石头里
也藏着几部伟大的史诗,
或揭示宇宙奥秘的真理。
甚至可以从中找到
我一生的指路牌。
这些天然的存储器,
如果我有绝妙的打开方式
还原某些复杂的编码,
如同被电脑识读的光盘数据,
记录了某个孩子
在命运的雕刻下演变为
人类的悲剧或奇迹。

## 在清晨读博尔赫斯

闹钟
还没有响。

坐在厨房
读博尔赫斯,准备
一份夏日早餐,
听时间的泡沫
在灶台上

暴动
一个接着一个。

花园里的
秋千也在
摇晃。
因为有风在吹
或者有人刚走,还有

无数

不知晓的事物在
给我的人间
以动荡，而我

谓之以真理。

## 时间之病——致阿多尼斯

太阳东升西落,真理
以看得见的时间运行。

别再徒劳地给树枝写信,
哀求薄情的秋天回心转意。

她注定会听从寒风的引诱
爬进冬日的巢穴。

潘多拉的魔盒
同时在两个地方打开,

一个是密室,一个是广场,
我以空间的药如何痊愈时间的病?

## 分水岭

小时候
想到 2000 年
好遥远啊。

如今
想到 2000 年
好遥远啊。

## 想象

想象绝望时杀死自己,
想象冤屈时手刃仇人,
想象自己比天使和魔鬼都善良,
想象不达也兼济天下,
想象没有盼望就不会有失望,
想象今生不必幸福,痛苦乃存在之恩。

想象世上还有一颗相似的灵魂,
想象我们曾经深爱彼此,
想象没有孤独的童年与暮年,
想象肚里没有害虫,心里住着神仙,
想象干枯的灵魂听得见窗外的雨,
想象宇宙没有明天,今天就是永远。

## 角度的胜利

几只蚂蚁上山,
按紧跟在后面的蚂蚁的说法
当时整座山都要被压倒了。

## 人类社会

好消息是
经过多年
努力各国
终于一致
同意联合
国的建议
决定就在
去年春天
给原子弹
再
　刷
　　一
　　　遍
环保油漆。

## 一段猜想

终于可以停下来,
拧开喉咙
自己咳给自己听。

一想到将来,
如想到过去
都让我瞬间衰老。

如果训练有素,
我大概也会上天堂,
而你也在天堂,跟着天使踢正步。

## 正与反

母亲说
眼泪
总是朝下流的,
人心却要
向上走。

我说
眼睛
只能朝一处看,
人的身上却奔跑着
两条相反的
河流。

## 对一块石头的同情

西西弗斯的石头
——你以此闻名于世,
却没有真正属于自己的名字。

也没有一篇石头记彰显你可能的价值
和重量,或者让历史学家与地质学家
弯下腰走进你的心灵。

皮格马利翁的眼睛与罗丹的巧手也不曾
为你召唤出体内的儿女。

更没有可以栖息的
热情与痛苦。
每天上山下山,你在场又离场。

像一个冒名顶替的太阳
被人举起又落下,你竟卑微到要去
折磨一个只是想活下去的人,

而不是像仁慈的太阳的子孙
无缘无故地照耀大地。

你与西西弗斯互为命运,站在一场
浩大折磨的两端。名义上你是刑具
却又不得不听命于受刑人的摆布。

可是
我那可怜的西西弗斯兄弟又有什么
不可饶恕的罪错?

他藏匿死神,反抗命运也只是因为
热爱生命——如我热爱古老的
天空、意义与真理。

而你,作为一个铁石心肠的帮凶,
从来没有冒犯过诸神却要担负起
诸神不断鞭打羊群的恶名,

并且以一生的颠沛流离和每日
一点一点的破碎,从他人厄运之象征
沦落为自己之厄运本身。

和无数人一样,我看见伟大的加缪拯救了
地狱里的西西弗斯,让这个无聊且无望的
偷生者得以生活在苦难与阳光之间,

却不幸地忘了故事里还有一个不由自主的
无名小卒同样在受苦受难。

所以今夜我决定把世间最温柔的同情给你,
也愿你这原本清白的顽石早日
长出光辉的翅膀和轻盈的血肉。

如果爱上荒谬就是抵抗荒谬,
那就让西西弗斯和他的石头一起坠入爱河。

在这徒劳无功的世界里,
也愿你们一起上山时偶有悲伤,
一起下山时必有欢愉。

## 愿西西弗斯与我同在

哦，上帝，我孤苦伶仃
你也一样。上帝
没一张图纸，也没个像样的施工队，
六天就造了这个世界。
谁逼你赶了这么个大工程？
如今这里依旧混乱不堪，盗贼四起，
什么人都在乞求你的怜悯，
什么人都想借你买马招兵，
赌徒、杀人犯、法官、娈童者、警察、
失心疯、流浪汉、军火贩子、讨债者
还有富翁和怕死鬼，
所有声称爱你的人
都向你伸出了贪婪之手。
哦，上帝，我知道还有
许多孩子，即将冻毙于荒野，
就像在巴黎听不见外省的雨，
他们孤苦伶仃，却从不乞求。
如果这些可怜虫
可以活到我这个年纪，

知道人世的磨难与生活周而复始的艰辛，
或许会说，上帝也孤苦伶仃，
继续推石头上山吧，
愿西西弗斯与我同在。

## 意义之锤

河水漫上来了。
车门紧闭。呼吸在枯竭。
世界,一秒一秒地沉没,

直至天光散尽。是意义的救生锤
砸开无望玻璃之软肋,
让我重新浮出水面,张口呼吸。

看大河两岸,到处是侥幸存活的人类。
我们都身怀绝技,手里握着
不同年代和来处的意义之锤。

## 一个超现实主义之夜

几枚时间的果实,滚落下窗台,
想象密集的雨挤满了屋顶花园。
天空,被关在鸟笼之外。

子夜,我在茶杯里仰泳,
两只鲨鱼坐在沙发上吐着烟圈
争辩我是否快乐。

## 第七天

大雪
下到第七天,
愚公接到女儿电话
以前搬走的两座大山
天空的邮局
又给寄回来了。

## 孤独星球

时间久了
孤独长成了皮肤，
皮肤变成了盔甲，
盔甲落满了尘土，

一颗星球的诞生。

# *Cor Cordium*（众心之心）

人在
人中生长，水在
水上漂流。

走着走着
他就开始嘲笑自己，
在去霍舍姆的路上。

哀
莫大于
心死，喜亦如是。

守在绝望中的赤子
该如何反抗
自己的誓言？

万鸟归林
也归于
尘土。

## 万物陷落于荒谬一刻

庄子的鱼,被柳宗元的人钓光了吗?
一千多个冬天过去,那个孤独的老头,
还拿着钓竿,坐在孤独的船上。

左转九十度,《寒江独钓图》,
一只鱼鹰的俯冲。如果隐匿者甘受千万孤独,
只是为了狩猎,而非钓雪。诗意的转向。

一个鱼篓,套装着钓鱼者与被钓者。
一边是谋生之苦,一边是逃生之难。
万物陷落于荒谬一刻,谁为最初操弄之手?

# 在二十一世纪的某些角落

一条尺蠖在刀背上
练俯卧撑。

一只蝴蝶在白旗下
跳钢管舞。

一群机器向桥底
抛出硬币。

几个灰色的蘑菇在
长成云朵。

在更远的地方
太阳照常升起。

雨照常下,
落叶铺满天空。

## 整个曼哈顿都在健身

整个曼哈顿都在健身。
不管有没有菩萨,先修好

肉身这座破庙,
在破庙坍塌以前。

受惊的麋鹿四散奔逃
在风暴来临以前。

## 在米纳克剧场

转了好几趟公交车,独自来到
悬崖上的米纳克剧场。

坐下来,搅动四方桌上的咖啡,
多么井井有条的大海。

人类充满劳绩,只为我在那一刻到来
穿过所有的暴风雨。

## 西部回忆

直升机掠过儿时的低空,
桑树的顶枝在记忆的大风里劈啪作响。

这里的乌云早已面目全非,
好人正在卷土重来。

和祖国一样大的雪花啊
请覆盖我的布列塔尼。

# 在冬天走过布鲁克林大桥

大风
吹歪了
帝国,冷雨
砸在
脸上。

潮湿的
黄昏。几节
生锈的地铁车厢
轰隆隆
滚过河床。

## 中央公园在下雪

从 59 街出发
一直向北。
在深绿色的长椅上
倾听每一个
亡魂
的气息。

大雪天里
马匹的响鼻。

## 在布里斯托尔大桥上

只要纵身一跃
就可以将世界
摔得粉碎。

不经意飘来的
一朵花
和他一起

拯救了
整个世界,包括
一朵花的命运。

## 在戛纳海边

从戛纳的海浪声中醒来，
冷风，站在睫毛的栅栏上
跳天空之舞。

睡袋喘着粗气，我于此
颠沛流离，为一些几易其手的
星辰与叹息。

风变成石头变成老虎，
雨变成火把变成旌旗，
人变成帆船变成狂风。

我和现实，
谁是乐器
谁又是演奏者？

## 彩色岛

带上
限量供应的
面具和云朵,
我们摇着橹离开的
威尼斯,终于发现
这世上的色彩
都偷渡去了
明亮的
布拉诺。

## 异乡人

七月坐车去埃文河畔的
斯特拉特福,

看莎士比亚
晃动的长矛,大风

吹散天上的乌云,又聚拢了
大地上的异乡人。

## 牛津回忆

在细雨中独行,
独行的又不只你一个。
春天的傍晚,远去的莫德林桥。

## 在朋布洛克街的下午

冬至已至。
窗外盛极一时的雪花之舞,
无数转瞬即逝的脸庞。

## 在布拉格广场

从雅典起飞，来到了布拉格，
一只寒鸦，
一群热闹的卡夫卡。

布拉格真美，
谁能断定老房子与新房子
哪一个站立得更久些？

人类真美，
每个人都自学巫术
预见了自己即将消亡。

## 过柏林

我不想惊扰
地上的落叶。
博物馆里
由无数子弹壳铸成的
一种表情的痛苦,
一万张铁质的面庞。

满地都是故人。
分不清哪些是冤魂,
哪些是刽子手,
乃至被希望
绑架的绝望。

## 左岸

当她
向我推销
彼岸时,
我刚从索邦图书馆二楼
下来
看一群鸽子
在院子里
觅食。
天堂,
一只耳朵进,
一只耳朵出。

## 清晨,在亮餐厅西望

在66层,
看幕墙外的
高楼挤到西山。
看长安街一路朝西,
你爱北京
芸芸众生里的
天安门。

## 在污浊了的可能性之上

想念蕨菜伸出的小拳头。
田野里挤满了月光。
什么时候,一起去寒山,
那里的旗帜向着尘世的方向飘扬。

想念像天空一样
存在却一无所有,
一个空画框,若此后岁月
空空荡荡可容万物。

这世上没有一条道路
通向我的内心。
我曾这样寂寞地漂流,在无数
污浊了的可能性之上。

## 面具

当我老了,
面具都已长出皱纹,
你的面具也一样。
一样的饱经风霜
如灵魂的模样。

## 这世界仍需要你的照料

母亲躺在医院里,
年纪大了,总会看到
时间的老虎
四处伤人。

回家路上,
被一只白猫缠住了腿。
想起冬日难熬,
就该去为它准备点干粮。

无论生活多么让人沮丧
这世界仍需要你的照料。
我没有救苦救难,
是苦难一直在救我于虚无。

在每一个绝望的瞳孔里
看到责任女神诞下希望的儿女。
你眼里的忧愁
就是我的祖国。

## 遥远的聚会

举起酒杯,到处都是孤独的灵魂,
一个人脸上笑得有多灿烂,
内心就哭得有多哀伤。

## 野花

清晨去看
一朵野花,
上帝与撒旦是
两团雾,
所有草地上的神明
在我身后
蹑手蹑脚,说着我
听不懂的
方言。

野花也听不懂
我的言语
以及一切
来自人类的指令。
而我也只能
一边盛开
一边凋亡,平静接受
一朵野花的命运。

# 归来

在人群的
边缘,在滴雨的
庙前,此刻在推移,
消逝的现场。

蓝鲸退回
深海,狂风
退回巢穴,爱情
退回神秘。

我也要收起忧伤的风铃,
小心翼翼退回我的宇宙。

一个杉木书桌,
每天坐北朝南。

## 白日梦

仅仅赞美荒野
是不够的,
我还要赞美
茫茫人海。

走啊,继续奔跑。
我飘浮不定的命运,
以虚无之名,
偶然性之名
带领我。

## 诗人信条

哦,诗人,表格的天敌,
苏格拉底、上帝、恺撒与宿命
共同的绊脚石,精通词语的炼金术,
以语法、隐喻和图像的车轮,
驾驭意义与事物的马车。

将月光与河流一起装进墨水瓶,
不停地制造幻象,并且宣告
凡我所出之幻象皆属我之实体,
我既以幻象丰盈幻象,
也以实体反对实体。

同时在人间与地狱寻找极乐世界,
将死神一分为二,
诗人不仅亲近忧郁女神,
还收藏世间所有柔和的光,
哪里有自由,
就向着哪里流浪。

## 在灰尘里忙了一整天

在灰尘里忙了一整天,
清理意义,多余的坛坛罐罐,
被挤占的书房。

在深夜,搬最后一箱
支离破碎的词语,下楼,
地上积了一层薄雪。

透过落尽了树叶的高枝,
瞥见天上
挂着一轮明月。

## 二进制

每个人的
内心
都住着
一个
二进制的
神灵。

一个钟摆,

飘荡

在

欲望与恐惧

之间。

## 风在林间沙沙作响

雨水从天而降,
风在林间沙沙作响。
遇见一次
美好事物我就已
心满意足。

在冬天寻找
神明,在春天遇到
鬼怪。
我该怎样忘却塞壬
记住歌声,相信

存在即永恒,
美即美本身。
举一根孤独者
的断桨,紧跟河流
走完弯曲的
一生。

## 人是媒介的延伸

我曾家徒四壁,
现在一壁不剩。
互联网的潮水推倒了
每个人的门窗,
还把卧室变成广场。

冰川正在融化,
到处都是浮动的
冰块
和起早贪黑的
眼睛。

连接,一座座虚构的孤岛。
手机的独木舟。
若是不小心弄丢了,
寻物如招魂。

有些时间正在停止。
我看见麦克卢汉钻出坟墓,
重新叹息人是媒介的延伸。

## 分母的统治

人人举目无亲,支离破碎,
不断聚集又被稀释。

超级现代性。无数结构性网络蚂蚁
被淹没于结构的巨兽之中。

整个世界,结构还在蔓延,
分母正在吞食分子。

## 曾以物喜

日行两千里。
高德地图说

你已疲劳驾驶,
休息一下吧!

平生挑雪填井,忽闻
科技慰藉灵魂。

## 卖气球的异乡人

美好年代总是一去不返。
回想二十年前,全球化的水田上
落满互联网的白鸽,而我的心啊在巴黎。

如今战争已经打响,
乌鸦正在枝头集结,
我也回到了南方的村庄。

四月的一个雨天,桐花开了一路,
在镇上我遇到了一个
卖气球的异乡人。

"我前半生的世界蒸蒸日上,
我后半生的世界摇摇欲坠。"

他和我谈起自己的一生,
如同回忆一发炮弹。

## 在时间的另一边

尘土在心中生长,
孤独也有不同的颜色。

乌云是天空的冷柜,
雨死了,变成了雪。

在时间的另一边,死神
怀抱香槟与玫瑰。

那些写诗的灵魂
最后都去哪儿了?

## 星期天的早晨

窗外是几排黢黑的树影。
过不了多久,
我在东半球看见太阳的时候,
西半球就只能看见月亮。

而我的心却是如此完整,
从未一分为二,
我是光明又是黑暗,
分不清的黄昏与黎明,
梦境和清醒。

如果此刻走到了大河边上,
我将是孤身一人。
我会坐在那里垂钓鲑鱼也垂钓覆舟与星辰,
心里想着昨天又想着明天,
身上吹着南风也必定吹着北风。

想象正在写的下一首长诗,
我看见它不停地向四周蔓延,在纸上

落下雨水,升起火焰,
还在月亮上为我建造一间印刷厂,
栽种向日葵与钻天杨。

接下来鸟醒了,梦醒了,
我听到天空也醒了。
站起身,我说早安我的宇宙,
几十年前是你随我一起
来到了这低矮的尘世。

## 乳房不能安慰自己

凛冬将至,森林中的
诸神于火中避难。不自由的意志,
在诗人与刽子手同甘共苦的大地。

黑暗与心,谁更宽广?
乳房不能安慰自己,却可以
安慰世上最冰冷的手。

偶尔穿过集市,像坏了的
时间指针,刚爬到荆棘的拱顶
又掉了下来。

想象被一朵花托举。在暗夜里
不停向下生长,先在你的身上
扎根,再在黎明长出果实。

## 鱼之彼岸

我早就厌倦了江河,
今天终于跳到岸上。

可是挣脱过去
并不等于自由。

鱼只能活在水里,
鱼没有此岸与彼岸。

不要听从乌龟
和天鹅的蛊惑。

——可是说好的进化呢?
在过去与未来之间。

## 冬天早已一败涂地

飘浮。
从监狱到剧场,
格式化的乌云。

造物主
袖手旁观,最后的
天空之坟。

冬天在这里早已一败涂地,
除非我的诗篇
以雪花之舞救场。

为什么停止写诗?
越是在野蛮的地方
越要诗意盎然。

## 郊外

我被大风
吹到了
郊外。

这里野草丛生,
可我并不为此
感到悲伤。

抬起头,
郊外也有宇宙。

## 镜中的女人

每天不停翻阅自己,
以此打量扑朔迷离的命运。

## 艺术之死

杜尚之后,人人举着火把,
这世界已经荒凉到没有黑夜。

艺术家要学会在白天走路,
多么拥挤而贫乏的白天啊!

## 宇宙必定不是无限的

拖着行李,像拖着
一匹死去的马。

世界如此仁慈,给了我黑暗
又给了我月亮。

宇宙必定不是无限的,
大树有它的轮廓。

我看见死神双腿跪在世界末日,
只为出征的孩子解开
绑在脚上的人类信条。

## 玉米地

我终于明白,在人性的屋檐下,
每个人都在忍气吞声。

而我的问题只是厌倦重复,
甚至厌倦重复厌倦本身。

活着的人,在悄无声息地生活。
而死去的人在等待苏醒。

游荡在玉米地里的我们的世界,
每天都在抛弃旧神。

如果离得远了,地球只是人类的
一个污点,

所以我允许
任何事物的发生。

## 小夜曲

先扔掉价值的箩筐吧。
背负太久,怕你也会长出藤蔓
变成箩筐。

看我们头顶
唯一的月亮,藏着世间
所有的善良。

## 死海

还没有去过死海,
只是经常在悲伤的夜里,
独自跳入
眼泪的咸水湖。
在清晨
又浮了上来。

## 一份尸检报告

欲望不详。

## 乳房与上帝

帕斯卡的芦苇
去哪里了?
活着,无目的地漫游。

随时受到答案的引诱,
没有方向的旗帜
找到了风。

我这就要独自启程,
在路上写一首长诗
为天空虚构一条春天的河流。

我还要赞美
乳房之美
比上帝更神秘。

## 俄耳甫斯的歌声


所有孤独的人都曾幸福无比,
枯萎的玫瑰,荒弃的城池,
若不是为了雕刻悲剧,
俄耳甫斯的歌声,如何能够穿透地狱?

一起回到人间啊,跑着跑着,
猛一回头你就消散了。最后的欧律狄刻,
死亡不是结局,我唯一的圣迹
就是为你踏上地狱之旅。

## 若不是为了凋谢

磨盘上的蝼蚁,旋风中的羽毛。
美因无常而完成,或往复
在生时倏忽,在死后不朽。

可怜的是死神兢兢业业,
为世界打扫大地,造物主
排队参加自己的葬礼。

人生,有目的的徒劳,
若非为了告别,积雨云怎会聚集?
若非为了凋谢,花儿如何找寻意义?

# 在下车以前

总是习惯赞美
那些倒退的风景,
在火车上。

看邻座的牌局,
几个人为了各自的运气
争得面红耳赤。

或凝视车窗上某双
温柔的眼睛。不经意的
非分之想。

每个人都在等待最后的钟声。
没有谁属于谁,在不期而至的
下车以前。

## 想象在时间的尽头

河流消失。

男人消失。

语言消失。

女人消失。

最后一个人类脚印消失。

机器人消失。

夜空中最亮的星消失。

迷人的量子纠缠与惠勒延迟消失。

黑洞与暗物质消失。

宇宙像沙做的陀螺

终因无法旋转
而坍塌。

每一粒沙子
消失

于万物的开端，
终有神秘之手
为重新上紧时间的发条。

而我在身后
寂静的雨声之中
苏醒。

# 旅途

从旧货市场
捡来的
热情。

坐在门槛上
更换理想的齿轮。
满手油污,

院子里
大雨滂沱。

## 劈开一只鹦鹉

惩罚一头绵羊。
为什么
还没有下蛋。

劈开一只鹦鹉。
寻找
迷失的词语。

路过一座古老的城市。
满地佛头
与石膏面具。

桃木剑保佑不了自己,
辟邪是原罪。寺外集市
一言不发的叫卖声。

## 斧柄

斧子被扔弃。
斧头锈烂,在泥里。
斧柄渐渐
长成森林,长成
更多的斧柄。

## 无辜的荣耀

木头变成了
小提琴,
哀悼
一棵树的
死亡。

## 看虚无之雨落满江河

还没有来得及爱上黑暗,
便被引诱着去热爱光明。

在我投降之前,
他们已经征服了整个世界。

忧愁也不是这个人的罪过,
被秋天收割的春天。

借一个破漏的木桶接水,
我是我与我的深渊。

我该如何
看穿乘除接近本质?

在这慈悲的夜里,石头与人都高举火把,
看虚无之雨落满江河。

## 在春天悼念一棵石榴树

亲爱的,不是我们走向墓地
而是死神赶上了我们。

也许死神只是一位诗人,
和我一样每天拄着精神的拐杖走路。

也许死亡只是一首诗覆盖另一首诗,
土掩埋土。

远处有雷声,我和你说话时
凌霄花冠已经爬满了我们的身骨。

## 世界消失在年轻的时候

尚有事物可以怀念,
虽然大风吹尽了枝头的果实。

死去的海子依旧年轻,
活着的西川已经老了。

"Live fast, die young."
世界消失在年轻的时候。

凡是消逝了的不再消逝,
凡是已存在的永远存在。

# 一种飞扬,在尘土飞扬以上

书稿早已落满
尘土,一个声音说
不必擦拭,书稿终将成为尘土。

天上的乌云也在报告中
宣称没有尘土
雨水就没有灵魂。

可是太阳的法庭啊,不要
只看到我脸上的风尘
还要看到我心里的王冠。

我曾归于尘土,
还将归于万物。

## 假如此刻时间静止

始于诗篇,终于史册。
或者相反。是词语的迷雾
平息我生命中的所有酸辛与暴乱。

握一支笔,在平坦的白纸上
滑雪。而我看到的是新我与旧我的战争。

假如此刻时间静止,
未来与我两不相害。

我已经品尝了幻灭的滋味。
童年射出的那支箭,终于落在了我的背上。

下雨了,突然想到抽烟,而我并不偏爱于此。
想想上苍也有自己的忧愁。

## 虚无保佑

"Nihility bless me" *

虚无坐在树上
抽烟,说命运的狂风
连同命运本身
终有止息之时。

万事皆空,虚无保佑。
勿得意忘心,勿失意忘形。

我地平线上的后院
偶尔长出几朵意义的玫瑰,
或许还有你想寻找的
事物之名。

---

\* 虚无保佑我。

## 暮年

白发的
列车已经
抵达。

欲望的
援兵
还未出发。

时间的雨滴
挤在了
悬崖边上。

## 这个世界的烟囱都朝着一个方向吹

像一棵树老了,就该计划被砍伐,
削掉多余的枝丫,接着连根挖走,
送到养老院的雨里排队。
再见了森林,再见了松鼠与藤蔓。

流水线的河边,死神的船队已随时待命。
屋顶上的麦子提前熟了。
在我离开的时候
这个世界的烟囱都朝着一个方向吹。

## 繁花

乌云的绷带包不住伤口,
人世的错误有时也像春天
转眼又绿了河岸,还有无数的花朵
一起点亮向上的山坡。
有些白日,我的书桌大风四起,
告诉我每个字都在结出错误的果实。
活着的时候,我一寸一寸地放弃
那些名义上属于我的土地。
就像一个已经安睡的人宣告
"我睡着了,全世界都是你们的。"
然而我的灵魂还在继续做梦,路过我的人
都说我沉睡之时栩栩如生。
也许你来看过我了,我的宇宙,
在黑暗中,你悄悄留下希望的种子
并且为我拨慢了时间。
我还没有信仰上帝
所以还没有剥削上帝,我的宇宙
你知道我是清白的。

## 人类通史

站在屋顶上,
站在一切
事物的顶部。
未来从不说话,
只让雨水悄悄落在
我的心上。

人类通史也不会
记录此刻
我的幸福。
我飘浮不定的
命运只能写进
大地的诗篇。

## 万物没到觉醒的时刻

太阳的火炉从来分文不收。
月亮也在天上悄悄照料我的灵魂。
还有雨水和花朵,无论世界多么荒凉,
我从未听见它们争吵。
在欲望与恐惧之间,
我并不擅长和你讨论善恶。
我也在按着自己的本性生活,
而人的本性就是空虚与茫然。

我是空虚,
时刻在词语的迷雾里探索意义。
我又是茫然,
常常为误入沼泽觉得人生艰难。

这一年大海和沙漠都没有下雨,
在几个刮大风和下石头的夜晚
我还和同时代的人
讨论了 AI 和 ChatGPT。

其实我并不担心这些家伙起身弑父。
除非有一个机器人突然开始仰望星空。

那一天我将在它的眼里看到
和我一样的虚无和迷茫。
既憎恶人的欲望是万恶之源,
又相信人的欲望是宇宙之光。
我还看到万物没到觉醒的时刻,
你知道我也是在一次次觉醒以后
才抛弃了自己。正如此刻
女人正在抛弃男人,人类正在抛弃自身。

## 我下山以避世

我下山以避世,
现在我并不稀罕几个散装的敌人,
身体里的敌人已经足够多了。
而且在我的内心,正义早已让位于悲悯。
也不需要你举着黑色的雨伞来看我,
我的忧伤自给自足
完全够一个人用了。
更不在意什么纸上的光环,它们
堵不住任何生命的窟窿。
走在没有月光的街道上,
唯有苦难和创造可以将我赞美。
我不再想着离开故土,
既然我们无法逃离自身,每日
携带两个世界的牢笼。
闪电之下,我看见
自由主义也有自己的朝廷。
在人性的八角笼里,
谁去计较灵魂和骨灰的重量?
当时间的孤舟偷走所有的动词,

唯有死亡生生不息，死比爱长久。
不过在大火熄灭之前，总得做点什么。
许多人在叹息还没有自己的花园，
为了播种，他们提前学会了向季节弯腰。
作为人类的孩子我也知道
一个宇宙实在是太孤独了，
所以无论在夤夜还是正午，
诗意的人们要分头赶路，
在你我继续下雪的这个冬天，
各自再创造几个宇宙。

## 我生命中的路人

回牛津的路上，在一个小酒馆的外面
我遇到一位年轻人。
他穿着一件橙色的西服，紧靠着窗子。
在即将与他擦肩而过时，
我的脑子里突然有个奇怪的念头。
为什么此刻是我看见他站在那里并朝他走去，
而非他是我看见我是他站在那里并朝我走来。
然而因为某种神秘我只能住在
我这唯一的躯壳里，
好在我的灵魂是自由的，让我每天可以
与不同的人与万物互换身份，
感受他们眼里的泪珠与沙砾。
我不会因此得到什么，当然也不会因此失去。
我不只是匆匆路过人世，也路过自己的一生。
无论在热闹的人堆里，还是孑然一身，
每天我一只眼睛看着世界的沉浮，
一只眼睛旁观自己之痛苦。
这时候我感觉自己与宇宙并无区别，
二者都是我生命中的路人

和无数未完成的自我中的一个。
在这条被称为醒着或活着的大河之上
我们萍水相逢,却又像久违的朋友一样寒暄,
并排站着往河里扔下石子,然后挥手告别,
一起消失在涟漪散尽的时刻。

## 卡萨布兰卡

我的宇宙还在,
我的人间却已崩塌。
来自海上的大风
穿过街边的白房子与
红色的空画框。
冬天,在大西洋边的
某个清晨里走路,
没有人知道我是谁,我唯一认识的
是眼前的这条街,它一直通向大海。
当路边的早餐店店主将餐盘推到眼前
我才想起刚出门时忘了带迪拉姆,
当地的货币。那一刻我虽不贫穷
却又身无分文,
只好命令自己伸出的手将盘子推了回去。
我看见那个男人的眼里掠过两只遗憾的飞鸟。
没想到的是排在我后面的一位老人
立即上前代我付了餐费。
而我这个异乡人,离家几万里,
没有拒绝他的好意,愿意接受他在此刻

成为我的神明，虽然
我完全听不懂他的语言
却看得懂他神圣的心。
遗憾的是我还没有说一句"祝您好运"
他就消失在了大街上。
在这座叫达尔贝达或卡萨布兰卡的城市，
到处都是流浪猫与海鸥，
那天上午我继续漫游
在去瑞克咖啡馆的路上，
把裤袋里的一点外币都分别给了跪在墙角的
几个穷人，虽然他们也不懂我的语言，
但在太阳底下我看得清人的境遇。
在后来的很多年里我再也没有遇见那个
身着暗色披风的老人
和那样明亮的清晨。其实
我并不向往撒哈拉，在人世依旧渴望
人是最美的风景，
这是我对人性开始绝望的第三年，
人群的乌云不断朝我落下刀雨，
没有人在意我的消亡，我也很少想起他们。
每天漂过陌生人的海洋，甚至
不再盼望在天空的裂缝里

被自己的伤口照亮。*
这一辈子我反对老虎
也反对笼子。我连夜赶路,不为
遇见鬼怪也不为爬上山岗。
遇到的人多了,就知道这世上
没什么物种彻底灭绝,它们的灵魂
早已深藏并分散于人类之中。
在那天的另一家咖啡馆里,
我还遇到一个陌生人,他戴着
一顶黑色的软呢礼帽,和我一样
对窗外的天空保持着长久的沉默,
也许他要去里斯本,当我们谈到
各自的祖先时又都像是在
谈论整个宇宙。

---

\* 伊夫·博纳富瓦在《反柏拉图》中写道,"就这样,他走在时间的裂缝上,被自己的伤口照亮。"

辑三

人的
　　条件

# 磨剑

I

十年磨一剑,
我终于把利剑磨成了剑柄。

II

我只允许你杀我,而不允许我杀你。
这样我们就不算自相残杀了。

III

我心里没有恨了,
我再也不是一个完整的人了。

## 海浪日夜不停

为什么含苞待放的
是玫瑰
而不是雨滴?

为什么书里排列的
是逗号
而不是谷粒?

为什么割草机年年作响,
小草被斩断了头颅
我却嗅到了芬芳?

为什么海浪日夜不停,
抹去了沙滩脸上的皱纹
而不是我心底的哀愁?

为什么我是我,
而不只是谁恰巧
闯进了我的现场?

## 思想者

时常坐在错误的河边,
等待一位隐喻情人的到来。
还要用语法寻找真理,
用修辞追捕神祇。
世界是一个老去的村庄,
挂在他的脖子上。

## 最小的墓地

一个括号就可以收藏
一个人所有的时光与灰烬。

出生年份已定,如 1984,
左起紧靠主人的姓名。

结局已定,只等最后一场暴风雨
将另一个实数吹进空格。

欢迎来到一维世界,所有人的结局,
一个连接号就是我们的一生。

## 隐蔽的战场

有人种地,有人开枪,
静悄悄的
闯入者与巡逻队,

沿河而下,隐蔽的战场。
我的身体,无数细菌
与病毒的祖国。

词语与意义,
那些抽象的亲人,
远处冒着浓烟的火车。

## 无辜者的花园

李白捉月而去,
月亮是清白的。
黑天鹅被诱杀
在金色池塘,
池塘是清白的。
我知道时间不等人,
时间是清白的。
在这个无辜者的花园,
除了宇宙大爆炸
一切事物包括
所有齿轮都是清白的。
我来到这个世界,
我是清白的。
那些消失
在讨饭路上的
孩子,恐惧也是清白的。

## 一生的果实

一切直线都是
未被弯折的
曲线。

一切可能
皆为偶然,
包括必然。

当其他偶然性
纷纷死去,
最后的偶然是
必然。

一种宿命的完成,
已经盛开的
花朵
必然盛开。

每天单枪匹马

冲出偶然性的
重围。

无数我与我
叠加,未来
将如何涌现?

当无数偶然的花蕊
在风中凋零,剩下唯一的
偶然性之子。

在时间的枝头
结出一生
弯曲的果实。

## 命运

不可以回头,只能朝前奔跑,
每一次选择都是宿命的完成,
连成一根宿命的单行线,
我选择了别无选择的一生。

过去已成定局,
未来也是唯一,
当我确信人不能两次踏进
同一条河流,
就开始相信命运。

## 戴上口罩准备出门

在镜中
我看见
另一个
自己,戴着
口罩与我
寒暄。

# 词语

I

月光与墨水一起流进血液,
幻觉和修辞如何
教人脱胎换骨?

II

主语伤害了宾语,
状语和补语充当帮凶,
所有词语都有罪。

III

对现实的母鸡已经无能为力
诗人亲自来到海边
孵化词语的卵石。

Ⅳ

如果没有词语,我就不会有梦。
走在人群中,又像从来没有
来过这个世界。

Ⅴ

你是我的唯一。唯一是谁?
一个词语,凋谢
在更多隐喻之中。

## 表格

从前的乞丐
抱着
空碗,
现在的乞丐
抱着
表格。

奴隶主死了,
表格制还在。
每次填完表格,
所有自由的灵魂
都像大病一场。

越来越多的人
消逝在衰老之前,
无数 Excel 的子孙
在流浪,一个个方框,
数不清的
棺材与摇篮。

## 慈悲

迫害者成功,受害者成仁,
皆大欢喜。

没有一堆篝火,
可以温暖我的手指。

世间一切皆可同情啊,
凡有实体,皆不自由。

## 有关自杀的念头

一把随时可以
带他离开地狱的钥匙
伴他熬过多少漫漫长夜。

当清晨的鸟鸣
撞开青灰色的窗帘,
又是崭新的一天。

## 唯有悲伤可令事物不朽

白雾茫茫。
躺在世界怀里的两个孩子,
此岸与彼岸。

两点之间,魔术的方程式,
挣扎于某种徒劳与宿命,
人的条件或逆境。

我该如何摆渡?凡能得到的
都是物质,唯有失去的会变成精神。
唯有悲伤可令事物不朽。

## 论一根曲线的死亡

两次摔倒就足够
指导他的一生。

第一次摔倒
确定了起点 $A$。

第二次摔倒
确定了方向 $B$。

在两点之间
他画出了线段 $AB$。

从此经验主义的蘑菇就只生长在
$AB$ 延长线上。

## 因果性

一只蚯蚓
正在松土,
天暗了下来。

## 自由意志

什么也决定不了。
贪婪和恐惧,饥饿与情欲
以及为什么生儿育女。

一艘单桅船,在海浪
与狂风之中醉鬼般摇摆——
我可怜的自由意志。

以借来的双脚和虚幻的时间,
一个个来自远古的细胞
继续走祖先的老路。

## 人的境遇

一米直线上的点
与一平方米面上的点
哪一个更多?

在无穷大的地方
部分为何
等于整体?

为什么从一个人的伤口
可以触摸到
全世界的疼痛?

在医院里
我看见一群白马
正在排队过隙。

为了寻找
一朵花
大地尝尽百草。

你知道人是不能成为自己的。
你只能成为
已经成为的模样。

而我也只有
在悲伤的时候,能够成为
自己的一部分。

## 每一刻,某一刻

人是存在先于本质,
杯子是本质先于存在。
抛开争吵,我更着迷于
我既是存在又是本质,
在每一刻,永远的我存在于我。
因为我站在我前面,
所以我站在我后面。

有时我还会关心存在与本质之构造。
想象某一刻我只是
自己体内的一个细胞,
可以摇着橹走遍身体里的
街道、军营和工厂,
我该如何为自己短暂的命运命名,
并问候体内几十万亿
各就各位的众生。

## 蝶中蝶

我
梦见
庄子梦见
　　　一只蝴蝶
　　梦见
我
梦见
庄子梦见
　　　一只蝴蝶
　　梦见
我
……

## 当我举起双手

丛林
没有法则,
枪就在眼前,
还有一阵微风。
我举着双手
走到了大街上。
没人知道我是在
欢呼,求救
还是在投降。
在语言停止的地方,
一个谜团,
此刻我正思考
人类的手语
是所有母语的开端。

## 有限神性

我在地图上找不到一条消逝的河流。
在人群里有时却能遇到孤零零的自己,
一个在裤袋里装着芦笛的异乡人。
他说人总是为死而生的,然后转瞬即逝。
我知道死不否定人的价值,
只是为其封印。
我们终将走到时间的尽头,
死是以永恒换存在。
抱着黑色的头盔与白色的面具,
我已经参演了足够多的悲剧和喜剧,
见证了人性如何从桥梁变成沟壑,
神性如何在此躯壳里生灭。
因为相信神的神性来自神的无限性,
而人的神性来自人的有限性,
所以我甘愿以生命的名义和卑微的勇敢,
偏爱有限甚于无穷。

## 神明与词语

如果我有光,
不必祈求
上帝。

如果我没有光,
又将如何
向上帝开口?

人说要有词语,
于是有了上帝,
一个词语。

如果任何词语
都不能将我拯救,又靠什么
相信上帝?

到处是词语的
神明,神明的
词语。

## 荒弃的路

一条废弃的铁轨静卧在河边,
我走近了才发现它被几根铁丝网横腰拦住。
我不能沿着它继续走很远的路。
一个人坐在铁丝网下抽烟,
想起在这世上我也留下了
许多条荒弃的路,
只是在偶尔想起时才可以看到
它们安安静静地躺在某些地方,
上面覆着时间的蔓草和荆棘。
几个雨点砸下来的时候,
我看见一个穿风衣的男子
站在铁轨上抽烟,他是我的命运,
长着一副和我一样恍惚的面孔。
夹在他指缝间的骆驼,也是我
年轻时最爱抽的一个牌子。我喜欢
那种遥远的干草味。
我和我的命运打招呼,
他似乎什么也听不见。
当雨越下越大,我回到了车里,

听黑色的雨刮器在车窗上有力地摆动，
像两只在巨浪中求救的手，
又像是一个沉沦的世界正在挥臂向我告别。
在独自回城的路上，我的心里
总是想着铁丝网上落着的
一只湿漉漉的蝴蝶，
如果所有死去的道路都可以化蝶，
此刻定有无数的蝴蝶跟随我的车身飞舞。

## 意义即差别

公理一
每个人都在寻找意义。

公理二
赋予意义即赋予差别。

试问平等
如何可能?

论人类不平等的起源和基础
——人类。

## 玫瑰不为明天绽放

花朵为什么
寂寞地盛开,
人就为什么
寂寞地活着。

本性没有
目的,万物
随遇而安。

玫瑰不为
明天绽放,只为昨日因
走到今日果。

## 疑问——致聂鲁达

为什么迷路的火车
冲垮了罂粟与绵羊?

为什么被谋杀的西瓜
露出了不咬人的牙齿?

为什么在我投降的谷仓
看不见一茎灵魂的白骨?

为什么他要在正午合上诗集
压死一只蝴蝶?

## 消失的世界

幼年落在身上的雪
最后都去哪里了?

十六岁吹过的江边的风
最后都去哪里了?

三十岁飘过窗外的雨
最后都去哪里了?

陪我醒来的无数个黎明
最后都去哪里了?

那些曾经哭着说爱我的人
最后都去哪里了?

每天灰尘一样飘过我门前的宇宙
最后都去哪里了?

## 撒谎

本质对表象撒谎,
表象对符号撒谎,
符号对字母撒谎,
字母对语词撒谎,
语词对语句撒谎,
语句对作者撒谎,
作者对自己撒谎,
自己对本质撒谎。

## 忒修斯之我

忒修斯之船
再次回到罗马,
而我还没有出征。
一具肉身的兴亡,
更换了多少骨头和血。
每况愈下。
路是越走越窄,
然而也没有比孤独
更宽阔的地方了。

## 墓志铭


这个世界
像寺庙里的
烛火一样病着。
这个最倔强的男人
剩下的几根骨头
也已经被烧成了灰。
看在没有上帝的分上,
他说请多可怜可怜我们自己。


他的一生
毫无用处。这一切
符合宇宙的目的,
因为宇宙也毫无用处。
不过可以相信当他来到世上
宇宙便以自己的方式
重建了自身。
在他离开的时候,
遵照同理。

## 在希尔伯特旅馆

给我一个房间就够了,
一个走投无路的流浪者。

在希尔伯特旅馆,有无穷的房间,
和无穷的旅客。

无穷之矛,
——映射,
无穷之盾。
一望无际的走廊。
为什么总是被
偶然性驱赶?

在浮世,
继续游荡。

## 朝圣者

每个人
都撑着信仰的
雨伞,
朝圣路上
密密麻麻的
上帝。

## 绳

是我
在消亡,还是
世界
在熄灭?

一根长绳子
烧成灰烬
和一根短绳子
烧成灰烬

有什么不同?

## 与上帝一起看戏

其实我是一个
快乐的人,有着明亮的
牙齿,只是
在最快乐的时候没舍得
吃掉自己忧郁的灵魂。

而现在我终于理解了
上帝为什么
对人世的苦难
不闻不问。如果我相信
人生如戏。

回想我看戏时也掉过
眼泪,但从来没有上台去
拥抱那个受苦的戏中人,
更不会要求剧组
给他一生好运。

## 火柴岛

死亡的潮汐起起落落。勒紧口罩
每个人都在谈论
自己的存亡。
雪还没有下,大风吹了数亿年,
吹走陌生人的
墓地,铁器般的青苔,
改头换面的面孔和心脏,
吹走了所有叛乱的月亮
和五湖四海。
我的亲人,离开景恒街与国贸桥
一起去火柴岛,
那里有奇形怪状的人们,
在这个荒谬的太阳系
要想活着就得不断地
死去,每一次告别
都是一个帝国
与自我的消亡。
走过的道路无法囚禁
我的灵魂,在冬天里

我与苦难互赠礼物，互建庙堂。
所有路过的人啊，我还要告诉你
一个人类的真理，上帝决定
我们从何而来，我们决定
上帝将欲何往。

## 果因关系

出门
遇上强盗。
出门是错的。

出门
捡到王冠。
出门是对的。

结果决定原因,
一种神秘。
到底要不要出门?
更多的未知。

或者,由因及果
是物质,果因关系
是精神?

## 镜中镜

平行而立,脸对着脸。
两面镜子,互相反射。

一种结构,奇妙的
流水线。

我若置身其中,必有
无穷幻象。

没有差异的丰盈,
是无穷还是虚空?

## 光与影

一束光
影子徘徊。

两束光
影子相拥。

三束光
影子交战。

无数光
影子消亡。

## 在巨大的恍惚里


如果今日之我是真实的，
则宋朝之我或雅典之我
此刻正身处何方？

若隔世之我并不存在，
又凭谁断定
今日之我不是幻象？

如何解释那些人已经死了，
在一千年以前，
而我活到了现在？

又怎么相信将来我死了
另一些人还活着，
在一千年以后？

若非过去未曾消逝，未来已经发生，
又如何解释当下之我，惚兮恍兮，
正飘浮于此地此时？

宇宙从何处测量？
若无我则无时空，是否
我是这虚无世界之凭依？

时光的沙漏，
悄无声息地坠落，
转眼又见暴雨倾盆。

若无实体，
我与宇宙
如何互相看见？

## 几个词语

时常怀念某个夜晚，
也许月亮并不存在，迷人的是
月夜，容纳一切想象。

喜欢寒山，胜于诗人
与背后的山峦，想象无我，
几条影影绰绰的道路。

喜欢云雀，却非具体的飞鸟，
定格于某一刻，词语里
没有粪便。起落于歌声与魔法。

折服于诗意和隐喻，
一种意义与想象的飘浮
在不规则的雾霭之中。

## 像有些旋律

像有些旋律,注定独来独往,
飘浮不定,拒绝一切限定与修饰,
躲避标签之圈地运动。

而世人手里的色块,拙劣的填词者,
把暴雨和狂风,装进方形的盒子,
为它们寻找方形的耳朵。

把雪落平原的声音,
降格为几个响指,让天上的鹞鹰
踩着小鸡的步伐。

做一个完人
不如做一个完整的人,
像有些旋律。

## 某个阴天

转眼一生就快用完了,
春天还会回来,
那又怎样?
我的青春一去不返。

整天忙着交谈,竟忘了哭泣,
灵魂的脚手架早已落满了灰,
毫无目的的希望,听一首老歌,
在山坡上,等一场暴雨。

乌云拖拽着冬日的马车,
影子正在否定实体。
某个阴天,我走在世界的开端
还是所有时间的结局?

## 柏拉图之恋

身体不在场,只能谈谈灵魂了。
并非人类之光,
一种存在之困。

心的热,骨的软,血的勇。
若不测量我的肉身
你就不会触及我的灵魂。

隐秘的激情。在欲望与恐惧之外,
如何让两块石头
交换各自的梦?

## 世界印象

尖尾雨燕在扇动翅膀，
北极燕鸥在扇动翅膀，
高山兀鹫在扇动翅膀，
霍舍姆的云雀在扇动翅膀，
里斯本的乌鸦在扇动翅膀，
佛罗里达的蜂鸟在扇动翅膀，
南美洲的蝴蝶在扇动翅膀，
西布列塔尼的蜜蜂在扇动翅膀，
被捕的萤火虫在扇动翅膀，
扑火的飞蛾在扇动翅膀，
发情的薄翅蜻蜓在扇动翅膀，
愤怒的公牛在扇动翅膀，
浮动的阳光在扇动翅膀，
飘落的雪花在扇动翅膀，
急促的铃声在扇动翅膀，
加热的铝壶在扇动翅膀，
被碾压的弹簧在扇动翅膀，
被殴打的木门在扇动翅膀，
握住情欲的手在扇动翅膀，

冲锋陷阵的精子在扇动翅膀，
瑟瑟发抖的孩子在扇动翅膀，
折翼的天使在扇动翅膀，
蓝色的诗集在扇动翅膀，
红色的子弹在扇动翅膀，
橙色的浮云在扇动翅膀，
黑色的天鹅在扇动翅膀，
一万种未被发现的可能在扇动翅膀，
无数个平行宇宙在扇动翅膀。

## 两堆尘土

在清晨
打扫房间。

我看见了
穿越。恍惚。

一堆
来自未来的
尘土,打扫

一堆
落在今日的
尘土。

## 代词可容万物

**我是谁?**

乌云挤满了天空的花园。
我的船就停在图书馆里。
查找了大半辈子,
不知道我是谁。

路过的森林曾借荆棘之手
将我挽留。
在你看见我的时候,
那个被看见的我已经死去。
记住萨特的烟斗,佩索阿的帽子
还有我的恍惚。

没什么好惭愧的。
无知可容纳一切。
你去问月亮和世界上最美的花朵,
它们也不知道自己是谁。

我是谁——
如果上帝
这样问自己,
或许也会和我一样
谦卑无比。

**你是谁?**

没什么比代词更接近艺术。
你是我诗里的常客,
一面墙,不具体的灵魂,
一个对话者或并不存在的姑娘。

代词可容万物
又联结万物,
一只猫如何自称为我?
没有你,我将失去
背面与对面。

我是内在世界的本源,
你是外在世界的化身。
一个不存在的

上帝替补与我的分身,
你是一切也是虚无。

**他是谁?**

你和我将世界
一分为二又合而为一,
意义的刀锋与绳索。

他是神秘过客。
骑着风的脊背,
沿着河的第三条岸
来到我们的花园。

他既是闯入者
又是万物。

他或远或近,
世界忽暗忽明。

## 感官世界


某个时分,举起手来,
看指尖缓缓划过
阳台、吊灯和书架,
似有时光之芒随影位移。
凝神,听小猫在身上咕噜,
秒针在墙上散步,
远处不经意的人声鼎沸,
楼上在撞击,想象有大象交欢。
楼下有虫声。
万物在我苏醒之时复活。
以上所有,衍生并构造我的日常观念。
我爱的秋雨绵绵
以及我爱秋雨绵绵本身,
时空是幻觉。
宇宙因我而起于
四面八方,一刹那的
封印与消亡。

## 作为一手经验的梦

每天醒来，我不怕
两手空空。

在这二手世界，梦是
一手经验，

阅后即焚的戏剧。
独自在宇宙与灵魂深处漫游，

我曾领略无数秘境，
只是至今无人抵临。

# 梦以及上帝视角

Ⅰ

摩挲着手,
在梦里,我对自己说
我刚才看见你了。

Ⅱ

在医院,我梦见床过世了。
一个医生将床背了出去,
床沉默不语,我也静悄悄地。

Ⅲ

为什么做梦的时候,
我会看见自己的背影?
像上帝一样看见我在世上走。

## 世界是一面墙

世界
是一面
墙。

我在墙上
涂鸦,在墙上
碰壁。

骑在墙上的人
什么都
没看见,

我离开了
墙
也离开了。

## 卑微的魔法

数不尽的
星辰
过早地凋亡
在宇宙
潮湿的
枯枝上。

而我
有这世上
最卑微的
魔法。

当我捕捉到
隔世的
光芒,
那些死去的
群星,就会
在夜的瞳孔里
复活。

## 墨水落在地板上

一滴墨水落在地板上,
落在长条木纹书桌的下面。
半年后的那篇小说与它无关,
我的忏悔也与它无关。

这个清晨,静谧如往常,
我与世间某些事物失去联系。
一次不经意的滴落,一次即将盛开的
无数可能性的凋亡。

## 在火车上

走南闯北，收购词语。
耳机里的歌声，挡不住铁轨的叹息，
又是劳累空虚的一天啊。
在火车上，我遇到的每个人都以我自称。
而我又是我的谁与谁的我？恍若阴魂不散，
为什么每天醒来的是我，听见鸟鸣的是我，
半夜挣扎失眠的是我，此刻面对满纸月光
自言自语的是我？

拉上所有隐喻和表象的窗帘，
直接进入本质，我该如何拥有黑暗的一生？
该怎样回答我死之后谁是我？

几十年前我并没有渴望来到这个世界，
正如此刻没有渴望离开。
而如果我一直坐在火车上与他人交谈，
突然需要或被迫提前下车
会被理解为遭遇某种厄运。

然而这些与我生死相关却又完全不由我
决定的事情与我有什么关系？

又是几小时过去，现在除了我
车厢里仿佛空无一人。
刚过去的女列车员都是因我而生的细碎光影。
我因何存在？也许只是某个神秘不知何物者
凑巧借用了一套名义上属于我的感官机器。
这套机器让我渺如微芒，却又同为宇宙之核。

火车还没有到站，四周仍旧影影绰绰。
身处人类之中，我的宇宙更像一个飘浮的梦。

而我的心又究竟是谁的梦中梦？

## 命运是落在我身上的雨滴

这个下午,甚至
没有举起酒杯。
想起某些人就会潸然泪下。
乱石里的星辰,你的骨头
只有活着的时候才是你的。

每天都有
无数事物在消亡,
而结局对这个世界的伤害
总是比开始
来得更早一些。

命运是落在我
身上的雨滴。
玫瑰与瘟疫,
最冰冷的铁
和最卑鄙的谜
都将随风而逝。

## 半成品

悬停在
空中的
时间,有数字
而无面孔。

游戏
戛然而止,
所有人都
半途而废。

最后的审判,
一根绳子
勒死
另一根绳子。

在半成品的
天堂与地狱,
半成品的
善与罪。

## 今日南风零级

滚下台阶,从无数个梦里跌落到床上。
又像是刚刚遭遇了
一次沉船,抓紧枕套的甲板
在海上漂浮。大雾弥漫。

翻开手机,今日南风零级,湿度 80,阴天。
这个白日,我会继续自己的白日梦。
站在落满乌云的屋顶上瞭望我的空虚,
再用一首诗的时间和时间的仆人旅行。

不要给飞鸟多余的翅膀。
几十年了,我用词语雕刻狂风和雨滴,
雕刻生锈的伤口与复活的火焰,
却从来雕刻不出内心的惚兮恍兮。

无论是否下雪,夜幕会照常降临,
我的心是一个无人的渡口,
每天在每天出发的地方停下来。

## 未来的雨都已落在未来


在这世上
我已经走过了无数条路,
连成属于我的道路
只有一条。

无论飘荡在哪片乌云下,
我的双脚,
这一生都是在唯一的航路上
通向我的伊萨卡岛。

历史也在侵入未来,
一根缓慢显露的单行线。
沙漏,古老的运动,
时间是幻觉,此刻并不存在。

所有隐秘的宿命
终被照见。
凡是将要发生的
都已经发生。

像大风
吹开沙漠中的城堡，
未来的雨
都已落在未来。

## 菩萨,菩萨


请原谅我,菩萨,在这个鸟鸣四起的清晨
我沐浴焚香,只看到人心之上白雪茫茫。

众生平等,都在零度以下。
今晚月色和大风过境,
我们去哪里?仰望万事万物从天而降,
给空间的枯草涂上时间的金黄。

每个面包,每个钉子都是一座孤岛。
不要笑我藏器待时迷途失路,
菩萨,隐秘的战争已经打响,
无数旧鞋换成新鞋,一代代的兴亡。

我知道命运是我的孩子,一生中
最神秘的果实。
慢慢地走啊,唯有命运与我同在。
黑暗中有人打开沙砾,有人关闭月亮。

他们都走了,还有几个送信人,

而我是哪儿也不想去,
我已身处宇宙之中。
菩萨,我眼含热泪站在人类的深处,
我站在了宇宙的中央。

## 无穷小

想象在生我之前,
一直往前,
黑暗远至无穷前。

想象在我死之后,
一直往后,
黑暗远至无穷后。

想象在两个无穷大的
黑暗之间,
我是无穷小。

想象我的生命
接近于零
与虚无。

我将向谁问存在?
唯有我的意识与感官可以
撕破永恒的黑暗。

在我活着的时候,
虚幻的时间被我一分为二,
一边是过去,一边是将来。

是我以此凡胎肉身开天辟地,不断生长
意义的裂缝,并为此相信
我们来自虚空,却又身处无穷。

辑四

**博物志**

## 海鞘

一旦在岩石上安了家,我就哪里也不去了。
接下来要吃掉自己的脑泡、脊椎和感觉系统。
想起诗人石川啄木的感叹:
事物的味道,
我尝得太早了。

## 几维鸟

是大地的奴仆,还是天空的叛徒?
我这没有翅膀的灵魂啊,晃晃荡荡
被囚禁在一个行走的猕猴桃里。

## 藤壶

和我相比,
鸠占鹊巢算不了什么。
你看到一只螃蟹在横行,
也许那只是一辆车,
里面还坐着一个邪恶的司机。

## 灯塔水母

一个 DNA 老了,我就返老还童
变成另一个 DNA,如自体克隆。
我是没有记忆的永生,如四处浮动的空气。

**鹈鹕**

你说我这一辈子全凭嘴上功夫,
重要的是少说多试。世界不过如此,
能吞下的和不能吞下的。

## 萤火虫

成虫以后,不再捕食,我
只喝露水和花蜜。
时间到了,本性就到了。
就真的放下屠刀立地成佛了。

## 绿叶海蛞蝓

有了叶绿体,杀生的原罪就消失了。
为什么第欧根尼的子孙不能进化到
像我一样晒太阳?

## 海兔

像是亡命的兔子掉进了海里,
于是我有了海兔之名。
两只漂亮的耳朵在水底招摇。
雌雄同体的软体动物,在沙子里刨食,
日抛式的阴茎用完就丢。
我是天生的逃难家,常常会
和其他海洋生物一起被打捞上岸。
对于人类来说上了岸的都叫海鲜
或海洋的水果。

## 尺蠖

我用尽自己的一生来嘲讽

人类笔直的脊梁。

小尺蠖能屈能伸,非弯曲不可抵达天命。

## 枯叶蝶

像两片落叶,为了生存
我的一生都在背负秋天。
万人如海一身藏。
乌合之众里的恶棍,消失山林之中的隐士,
谁不是拟态生物?

## 卷柏

雨水是我的恩人。
如果干枯的灵魂可以是一丛卷柏,
所有的逝者都将
在一场大雨之后复活。

## 雨燕

我是没有脚的鸟,以高铁的速度
一生都在飞行。
粮仓就在天上,只有繁殖的时候
才需要大地托住鸟卵。
有时降落意味着搁浅,所以栖息在高处,
可以借助向下的跌落起飞。
如果一个人的堕落只是为了起飞。

## 缎蓝园丁鸟

和水獭相比我算不上建筑大师。
重要的是要有一颗浪漫的心。
天生的诗人,求偶时雄鸟会在林子里
搭建爱情的花园,里面不仅有凉亭,
还必须有闪亮的东西。
如果你来到我的屋前,
脚底踩着蓝天与大海的碎片。

## 嘴唇花与口红鱼

嘴唇花长在热带雨林,以女人的娇媚
吸引蝴蝶和蜂鸟来授粉。
口红鱼常以海藻为食,
作为海洋清洁工与海底漫步者,
还会借背部棘状突起的投影捕食。
当我们相遇,人类会说些什么?
两对烈焰红唇,天然的性感之都,
在密林与深海撑起各自的红磨坊。

## 琵琶鱼

琵琶鱼又叫鮟鱇。也许
我比水滴鱼长得还要丑一些。
靠着长在头上的肉状灯笼打猎,
知悉光明是诱饵。
想起高智商的人类,
始自远古的趋光性猎物,
无数次跌落在光明的陷阱之中。

## 猴脸花

如果猴子看见
一群猴子站在花枝上,
会不会和人类一样
想起自己摇曳
在风中的祖先?

## 水熊虫

我是一毫米的倔强,微细如一粒尘埃,
只有脑袋和腿,我是原子弹
也消灭不了的生命,缓步动物门的奇迹。
有些人的灵魂也像是一只水熊虫,
可以忍受极热、极寒与极压,
并在绝望的时候学会隐生,静静等候
一滴水里的复活。

## 千岁兰

我是沙漠里的寿星,恐龙时代的先民,
恍惚之间,就活过千年。
有人说我是"沙漠洋葱"或"沙漠章鱼",
其实我的同类早已消失不见。
并不在意在这颗孤独星球上举目无亲。
我只长了两片叶子,而且在风中不断裂开,
如两颗相互慰藉又不断破碎的心。

## 捕蝇草

吃素的动物会吃草,
开了荤的草也会吃动物。
如我。
江河里的鱼钩,屋檐下的蛛网,
一张张血盆大口。
陷阱无处不在,也是陷阱
像无穷的纽结将万物连接起来。

辑五

# 泪珠与沙砾

# 热爱

I

最可怕的不是
生错了时代，
而是走错了人群。

II

那些拯救
与毁灭生活的，
都是我们所热爱的东西。

## 真理与表象

Ⅰ

真理与我,一步之遥。
必须保持一步之遥。
谁抱紧谁,一起腐朽。

Ⅱ

读完一本书,坐在椅子上睡着了。
如果外星人在窗外,
一定以为我死了。

# 肉身

I

就像一块石头做了一个
庸常的梦。我若不背负肉身
灵魂何所凭依?

II

每一个器官都在默默呼喊,
人有多少感官
就有多少灵魂。

# 灵魂

I

相知
是为相似的灵魂。
相伴
是以命换命。

II

不要贬低
沉重的肉身,
轻飘飘
灵魂之上的
灵魂。

# 意义

Ⅰ

没有神迹,
意义乃灵魂之核。
神奇的幻象。

Ⅱ

我一直在寻找意义,
直到有一天命悬一线
看见了真理。

Ⅲ

无心则无所俯仰,
无物则无所栖泊。

# 光明

Ⅰ

除非愿意接受光明,
蜡烛不能照亮你的太阳也不能照亮。

Ⅱ

不要用手电照耀我的眼睛,
不要让我在光明中失明。

Ⅲ

夜是我的土地,梦是我的收成。
在黑夜里我的灵魂是如此安宁。

# 荒谬

Ⅰ

我该如何向未来寻找？
只有失去的东西才是我想要的。

Ⅱ

我该如何向荒谬要存在？
灵魂渴望暴雨从天而降，
肉身却被洪水冲走了。

# 理性

Ⅰ

理性的天平称不出意义的重量,
一万个理由的生存
抵不过一个理由的毁灭。

Ⅱ

人性最大的灾难
不是理性一无所成,
而是激情一无所剩。

# 永远

Ⅰ

人类爱说永远,
比如说,你永远快乐,
你永远不要回来。

Ⅱ

不要想着永生,
否则就没有来世了。

## 左右

左手
天堂,
右手
地狱。
说好的神爱世人,
四海之内
皆
兄弟。

## 稻草人

Ⅰ

内心空虚的人需要上帝,
就像稻草人需要一根竹竿。

Ⅱ

在帕斯卡的河边,
我只看到人是一根深情的芦苇。

## 黑暗

I

只知道赞美太阳是不够的,
死神和黑暗同样哺育着大地。

II

偶尔我也赞美黑暗,
在所有全景监狱的结构隐喻中,
黑暗是最后的避难所。

# 先知

唯一的
历史规律是
疯子带着瞎子走路,
先知
垂头丧气
走在
后面。

# 自由

Ⅰ

人啊,谁说自己生而自由,
谁就是在为自己编造牢笼。

Ⅱ

风比我自由,雨比我自由。
若只是为了自由,
我不会来到这世上。

Ⅲ

没有生,就没有死,
未发行的货币永远不会贬值。

## 烧香

Ⅰ

如果投一个硬币,
可以出来一个神仙。

Ⅱ

铁打的人类,
流水的神祇,
被拼贴的功利与势利。

## 炮灰

Ⅰ

电视里枪声大作,
场外观众倒下一片。

Ⅱ

让一个打鱼的
去杀死一个种地的,
以国家的名义。

# 进步

Ⅰ

是的,天无绝人之路。
不过事在人为,
人类一努力就有了。

Ⅱ

凡是贩卖天堂者,
必附赠地狱。

# 哀悼

Ⅰ

一群四处漂泊的人
悼念死去的人
不再漂泊。

Ⅱ

天堂没有自己的土地,
地狱没有自己的时间。

# 剧场

Ⅰ

在失火的剧场里
有人扬长而去,有人继续野餐。
各自的景观与粮食。

Ⅱ

蜉蝣醒醉皆生死,
宇宙忽然谁往还?

## 悲喜

Ⅰ

更多的人不是死于蚂蚁,
而是死于蚂蚁的数量。

Ⅱ

人类悲喜并不相通,
唯有卑鄙随时连成一片。

## 万物如其所是

买一束玫瑰,
等着它
在瓶中
枯朽。
玫瑰不会
变成樱桃,
人却会变成
蚂蚁
或恐龙。

## 如梦

你问春梦与往事,
谁更虚空?

我说人生如梦,
幻象不分伯仲。

# 希望

I

当我被痛苦包围,
想象之鸟便会飞出重围,
去邀请一支更大的痛苦之军。

II

人生从来似监牢,
死神自古会劫狱。

III

"着什么急呢?"

## 赞美

风不问
我从哪里来,
我不问
风到哪里去,
只在林间邂逅,
我们互相赞美。

## 结构

像两首诗,
隔着 100 个页码的命运,
同在一本书里
我们永不相见。

## 词语

我说话的时候,
词语开始苏醒。

词语苏醒的时候,
我开始沉睡。

## 四季

春天负责花开,
冬天负责沉睡。

世界本无死亡,
只因人类知悉。

# 凋亡

Ⅰ

为什么泪珠会变成沙砾,
当我的哀伤落进你的眼眶?
为什么一首正在书写的诗
会在纸上凋亡?

Ⅱ

风吹过屋顶变成繁星,
雨落在地上变成帆船。
所有的面具都在嘘寒问暖。

## 旋转门

I

大风一无所有,
却有自己的声音。

II

我的身体里有一道旋转门,
时常卡住灵魂之口。

# 怀旧

Ⅰ

未来在沼泽,过去是天堂。
当未来暗淡无光,
过去就会金碧辉煌。

Ⅱ

最让人哀伤的不是真实的痛苦,
而是想象中的幸福。
怀旧的飞蛾扑向记忆之火。

## 过程

何苦抱着墓碑生活?
须知过程即结果。

没有哪个过程
不是结果本身。

## 饥荒

Ⅰ

在灾难来临之前,
有人吃掉了自己的心肝。

Ⅱ

没有内心的法庭,
人就不可能拥有良知。

## 浮沉

科技上升,
人类下沉,
在上帝与民粹的
怀抱里,
所有人
反对所有人。

## 命名

马齿苋,
木槿,
芨芨草,
我要去采集一些植物的名字,
完成一次
意义的抓捕。

## 重逢

老朋友多年未见,
走出茶馆,
都像扫墓归来。

## 坍塌

Ⅰ

自从主人搬走以后,
老屋很快就坍塌了,
没有一片落叶会挽留自己。

Ⅱ

仅仅爱上一个人是不够的,
还要爱上孤独,否则曲终人散
你就无家可归了。

## 佛塔

Ⅰ

什么都给你了，词语的积木
和井里的月亮都给你，
除了藏在竹笋里的佛塔。

Ⅱ

如果受苦受难也是一种权利，
如何宣判
救苦救难的菩萨有罪？

## 教育

Ⅰ

画个圆圈,种下火苗。
一群人忙着将种子煮熟,
再为种子祈祷。

Ⅱ

是无用的东西安慰我,
是无法抵达的远方指引我。

# 远方

Ⅰ

前面是时间,后面是废墟。
每个人都急着去
别人急着离开的地方。

Ⅱ

须知参差之外,
我即幸福本源。

# 泥土

Ⅰ

在泥里打滚,从童年起
我就开始练习
如何归于尘土。

Ⅱ

抓一把泥巴
放在嘴里,梦里真的
什么粮食都有。

## 殉情

I

为一个微笑,
杜撰一个上帝。
上帝死了,我也不活了。

II

如果能爱人以深情,
如果能自渡以虚无。

## 境遇

Ⅰ

在顺境中善待别人,
在逆境中善待自己,
没什么痛苦不是人类所共有。

Ⅱ

在命运的密林里,
到处是虚掩的路。
我们一起推开的是哪一扇门?

# 困境

Ⅰ

他每天都很忙,
忙着参加
自己的葬礼。

Ⅱ

墨斗弹出一条条直线,
卷轴里滚动着的却是
一辈子的弯路。

## 否定

没有谁
不是否定了
一部分自己去爱的。
就像嫁接一棵果树,
先除去部分皮肉,
然后在风吹日晒中
融为一体。

## 时间

Ⅰ

每个时代都在孕育自己的神灵,
有些事物需要时间,有些事物在时间之外。

Ⅱ

虽然每个人都将活到自己生命的尽头,
可是人生真的悲哀啊!

## 说谎

Ⅰ

到处都是摄像头,被捕捉的
肉身。如果可以
说谎,把灵魂藏起来。

Ⅱ

真话一板一眼,但并不创造。
可以原谅说谎的
一个理由。

## 抽象与具体

Ⅰ

在抽象与具体之间,
心中的月亮与脸上的泪珠
哪一个更重?

Ⅱ

两张具体的车票
如何登上
抽象的火车?

# 尺度

Ⅰ

人不只是万物的尺度,还是万物的一部分。
在清晨,我拿什么尺子丈量虚无?

Ⅱ

能拯救人的灵魂的,
一是哲学上的虚无,二是艺术上的实有。

Ⅲ

在幻象的围城里,
理性看到了荒谬,感性看到了美。

Ⅳ

荒谬的终点不是冷漠,
这世上还有无望而热切的心。

## 痛苦

幸福转瞬即逝,
唯有痛苦可以托付一生。
人不仅会爱上
自己的疼痛,还要借
痛苦的拐杖,
爬上
虚无的陡坡。

## 幸存者

Ⅰ

历史是幸存者的回忆,
所有的血都下落不明。

Ⅱ

如果水里的血太多了,
河流会不会站起来做人?

# 引渡

Ⅰ

想引渡月亮一滴眼泪就够了,
何苦要开挖一条运河?

Ⅱ

紧闭房门,拉上窗帘,
我在白天生产黑夜,
好让月亮在我的体内流亡。

# 节日

I

每个节日都在唠叨
一个人的日子
是不值得过的。

II

自由说我要独自远行,
还要越过那道山岗。
民主说我们就是那道山岗,
欢迎成群结队的人。

# 落井

Ⅰ

快落井下石吧。
我要踩着你们的乱石,
走出这口深井。

Ⅱ

生亦何欢,世事无非挑雪填井。
死亦何苦,人心不外吹沙见金。

## 自知

Ⅰ

玫瑰不知道自己是玫瑰,
为什么人一定要知道
自己是人?

Ⅱ

蜉蝣一生,
沧海万里。

Ⅲ

我为什么流浪,
尘土为什么旅行?

# 镜子

Ⅰ

镜子能有什么是非,
谁站在它面前,
它心里就有谁。

Ⅱ

心随境转,
也许只是在春天看见春天。

Ⅲ

缘起性空。没有幻象,
只有不断变化绵延的本质。

# 明月

Ⅰ

万事皆空。除非你不愿意。
让灵魂走向灵魂,身体走向身体。
唯有意义可以倒流。

Ⅱ

起风了,命运不可知。
你看月亮没有心灵,
依旧照耀大地。

## 仪式感

Ⅰ

每一代都有自己的笑话,
有的随风而逝,
有的需要仪式。

Ⅱ

我抱着猫,猫抱着你。
你抱着谁,谁抱着我?

## 时差

上层要自由。
中层要博爱。
底层要平等。

## 心境

茫茫人海,
应无所住。
此心安处,
十面埋伏。

辑六

恍惚集

## 白雾

眼前突然升腾起一团白雾，
继续往前走，像撞碎的冰块
哗啦啦掉了一地。

## 避雨

公交站牌下，簇拥着
谁的灵魂或面孔，
阵雨倾盆而下。

## 蓝猫

雨天裁下的一片乌云，
明亮的眼睛，在地板上
忽闪忽闪。

## 刑场

几个人头
滚落到地上,
一串佛珠断了。

## 黄昏

落日孤悬海外,
时间,一团火的
自由落体。

## 枯枝

明月万里。
只有枯枝
将自己举得高高。

## 黑伞

无数冰冷的火焰
飘浮，黑伞迎着风，
无数的火把。

## 天籁

未经修饰的自然,
意义并不进入。梁祝虽美,
不及林间一阵风雨。

## 夏夜

和父亲一起打完谷子,
去游泳,夏夜的虫鸣,
河里满是月光。

## 诗人

天上飘过的大提琴。
那些给句子另行的手艺人,
一边行走,一边隐匿。

## 农人

在乌云下行走,
锈迹斑斑的人类,
田野上的微光。

## 暮春

凌霄花吹起了
橘色的喇叭,在天上虚构
一个避难所。

## 梦里梦外

在梦里脚底扎满了芒刺。
醒来时,窗外鸟鸣啾啾。
布谷声里的黎明。

## 大雪

举起芦苇
摇晃天空的洞穴,
雪花飘落下来。

## 感官

眼睛的遥控器
一闪一闪,世界的大屏
熄灭又打开。

## 邂逅

细雨落进你鼓胀的胸脯,
风将我吹出自己的身体。
不自由自主的人与梦。

## 芦苇

去河边刈些芦苇吧,
盖一间秋天的草房子,
一屋顶的瘦金体。

## 潮汐

灵魂升起月亮,
在暗处涌动的潮汐
我身体里的海。

## 泪瓦

睫毛的屋檐闪动,
泪珠的瓦片一片片
跌落下来。

## 日与夜

太阳跛着脚走远了,
月亮又拄着拐杖爬上来,
一盘没有结局的棋。

## 梦

梦在身体上飘浮,
酒精棉球上的
湛蓝火焰。

## 浮世

繁花落尽。我看见
风在风中凋谢,
在露水一般短暂的浮世。

## 光芒

孤独的人
走在自己的光芒里,
而路灯无缘无故地亮着。

## 冷雨

在雨里忙了一整天，
清理意义，多余的涟漪，
不规则的冷。

## 时空

花有芳香,人有词语。
无来由的幻象
每日拂动时空涟漪。

## 醒来

一个囚徒
被带到审讯室,
所有的灯都亮了。

## 渡口

我坐在山上,山坐着水里。
老县城的浮桥
已经消失了很多年。

## 春梦

隐秘的激情,
在半夜浮现
又消失的火车。

## 讣闻阅读

扑入池塘的石子，
激起忧伤的波纹
转瞬即逝。

## 暗街

在人生的低谷
和高潮谈价格。
火柴盒里的黄昏。

## 流浪

离村多年,
在外偶遇乡亲。
我在流浪,故乡也在流浪。

## 清明

和父亲一起
去山上的另一个世界参观,
那些活着的人都不见了。

**涟漪**

孤独的人总是互相吸引，
两个小涟漪变成一个大涟漪，
最后都消失不见。

## 生命

森林里挂满了绿色的火苗,
万物生长,无论在隆冬,
还是在深夜。

## 回忆

仅有真理是不够的,还要有善意。
数不清的人的境遇,
几副或明或暗的面孔。

## 趋势

好景不长,
坏景也不长,
一根中轴线上的舞蹈。

## 晚归

满街红色尾灯,
渐次移动的城中碎影
如陌上花开,可缓缓归矣。

# 后记

## 咳嗽的人

就在我的喉咙痒得冒火的时候,中原却在发大水。虽然阳光终会晒干所有的花园与鞋子,但那几天的雨的确下得像世界末日。如此艰难时世很容易让人想起1942年。当年是旱灾,现在是水灾。人类渴望诗意地栖居于大地之上,可大自然总是或过于吝啬或过于慷慨,两种极端都可能带来灭顶之灾。

遥想两亿多年前那场据说持续了近百万年的暴雨,在不可抗拒的巨大变数面前,一切有关人类的现实苦难和对未来的悲观预期都是真实的。而在此之前,我们还要在无数偶然性的枪林弹雨之中穿行。

说回书稿本身。为了给封面配一张合适的图片,我在电脑里翻找了很久,直到最后将目光定格在一个不知名的海岛上。随之而来的是各种浮想联翩——

《小王子》里的蛇吞象插图，佩索阿经常戴的黑色礼帽，多恩的"没有人是一座孤岛"……甚至，耳畔还不时飘荡起我喜欢的法语歌曲 Belle-île-en-Mer, Marie-Galante 以及那些孤孤单单的童年与暴力。

照片是我在北爱尔兰的海边拍的，据说是《权力的游戏》的一个外景地。如今印象最深的是当日下午的人困马乏与凄风冷雨。这原本平凡的生活，有时也会在不经意间演绎传奇。回望自己旅居英伦的一年，仿佛一切只是为等待这张孤独的照片诞生。

不必掩饰这座孤岛给我带来情感上的共鸣。这不仅因为近年来我的生活越来越像一部孤岛求生记。从更本质的意义上说，让我们寄身其间的整个宇宙又何尝不是一座孤岛？回到人类自身，既然你我皆有独立于他人的自我，孤岛就难免成为人类精神世界的永恒象征。

在这千差万别的人世，虽然每个人都自诩为人类一员，其实同时又无一不是彼此挣扎在万物之中。所以不必责备稻草人身上没有温情，狼群不善解人意，影子难以寄托忠诚，以及夏天的酷热和冬天的冷。重要的是如何在此丛林世界找到自己想要的生活，并且有幸遇到几个灵魂上的同路人。如果很不幸什么都没有发生，索性就当自己是人世的观光客，此生只看看人间风景。

"也拟哭途穷，死灰吹不起。"彷徨失意时，偶尔会想起苏东坡的《寒食帖》。生而为人，我并不想将诗歌抬到比粮食和蔬菜更高的地位。在鼓吹意义自治、个性解放的今天，很难说什么是好诗或坏诗，只能说是各自的朝圣路。我可怜的奢望是能够在文字里存寄一点点精神生活。我希望理性是我最高的诗意，诗意是我最高的理性，所谓二者相通，反之亦然。

大概是在2016年的某个夜晚，当"未来的雨都已落在未来"这几个字突然浮现在我的脑海时，一直困扰我的一个哲学问题轰然瓦解。那是我生命中的一个高光时刻。想想无论我们做出怎样的选择，最后都只能以唯一的道路通向未来。这不是迷信，或许可以被理解为一种逻辑上的宿命论。正如我们的生命始于 $A$ 点而终于 $B$ 点，中间虽有无限的可能与遥远的路途，但终归一切只是唯一。其结论是，凡是将来一定（唯一）发生的都已经发生，在此意义上我仿佛看透尚未揭开谜底的未来。也是由于上述唯一性的封印，过去、现在和未来在我的心里都具有了某种永恒性。

偶尔看到有诗人在网页上光秃秃地以"公民"二字标榜。相较而言，此刻我更愿承认自己是一个具体的会咳嗽的人。几年前坐在牛津的一个台阶上，我曾沮丧于没将最宝贵的精力与才华放在此生最紧要的写作之中。这解释了为什么近些年来我想"活着离开这个时代"并走进自己的一生。很多时候，所谓跟上时代不过就是跟着人群走。如果整日忙着在生活或理想的口袋里装些并不真正需要的东西，我自知会辜负上苍赐予我的虚无，并且扼杀我生命里的无数可能的生命——那些悄悄活在我之星球上的芸芸众生。

多年来的写作经验让我在一定程度上相信陆游"文章本天成，妙手偶得之"的说法。所以在日常生活中，当我随时停下来记录自己的灵感时，实际上也是凭一己之力将一些有生命的东西带到世间。当它们像小孩子一个个来到人世，也就真正获得了自己的生命，此后并不必然跟随我一起离开这个世界。

仿佛由一辆绿皮火车突然换成了高铁，人到中年时常会感觉到生活的列车已经提速。由于失望与自律的缘故，我学会了大把大把地节约时间，以躲避各种虚情假意和空洞。而这一切努力依旧只是为了继续领略生命中那些让我真实快乐的事物，比如让这本书里的所有生命遇到各自的有缘人。所谓"渡一己之众生，遇世间之有缘"，这也算是我在此无意义的世界里试图寻找的一点点意义或光亮。

人生没有目的，偶尔我们也会盼望一阵风或一场雨。

这个早晨，独自去小区附近的河边散步。春天的时候那里开满了鲜花，现在草木郁郁葱葱，大自然似乎要把小径收回去了。而我还是撩开树枝，踏着杂草走了进去。一个咳嗽的人，在一群灰喜鹊的咳嗽声里穿行，内心仍有着无以言表的美好。

先到这，在此浮世，总有一些过去或未来值得铭记。而我最大的幸运是，尽管在生活中已经饱尝艰辛，但蜿蜒在心底的那条哲学与诗意的小径始终生机盎然。

**2021 年 7 月 27 日**

由于特殊原因，再次拾起这部诗集的出版已是一年半之后的事情了。而新型冠状病毒疫情从发生到肆虐全国也走完了第三年。

三年以来，很庆幸在无数闭门不出的日子里我的心里还装着几个朋友，包括我想象中的人物。当我无力于现实的时候，想象的大军就会卷起烟尘。

这些天偶尔重翻大学二年级写的一些日记。那时候一文不名的我是想着将一生的时光都奉献给诗歌或文学的。谁知后来阴差阳错，与最初的理想渐行渐远。不知当年之我对今日之我会作何想。直到几日前，我在手机备忘录里记下这样一段话："半夜醒来，一个清晰的声音在脑海盘旋，我确定自己已经彻底回到了文学的怀抱，每天呼吸空气，吞吐意义，只需一点点必要的食物和水，就可以拥有美好的一天。"

在此，我要感谢自己与生俱来的忧伤，是它为我隔离了一些并不重要的东西，虽然在大多数时候我是快乐的。感谢文学与艺术将我一次次从生活的苦楚之中解救出来。事实上不只是诗歌，几年来为"思想国"公众号做的诗歌短片（从《寒山》到《冷月》），以及"燃烧的荆棘"视频号都给了我莫大的慰藉。

人类之美，在其忧伤。有忧伤则必有爱，有美，有慈悲乃至重生于绝望之后的希望。

我渴望一种贴近自然的生活，说到底也是一种顺从本性的生活。想起2022年的一个春日，我在小区的海棠花下凝望无数花蕾，那一刻内心又升起了些许甜蜜——如约而至的，不期而散的，在这惚兮恍兮的人世间，在这春深如海的枝头，我有嘉宾，鼓瑟吹笙。因为内心不死的精神向度，我不仅看见自己在春天落叶纷飞,还看见自己是神灵的流离之所。

转天我开车来到了一条大河边上。这是我的平行世界,我经常来这里逃避人世又享受人世。寂静的下午,当我举起相机时,我看到一位渔夫在河里撒网,一个我在天上捉云。之后我们简单交谈,然后告别。同样是在那天晚上,河边突然刮起了大风,我还看到明月没有心灵,依旧照耀大地。

最后,在本书即将付梓之际,我要特别感谢岳麓书社尤其本书编辑曹煜女士的不懈努力,是她让这部诗集终于有机会走到了读者的面前。

2023 年 4 月 19 日补记

# 附录一

## 你是你的沧海一粟[*]

几十年后,你老态龙钟
在街上遇见年少的自己
你能否认得
那张清瘦的脸?

去安慰这个精神上的孤儿
为他指一条通向幸福的道路
可他是否会视你为精神上的父亲
信任并愿跟着你走

---

[*] 本文原载于熊培云诗集《我是即将来到的日子》,2015年,新星出版社。——编者注

你从你孤独的道路上来
他也将朝他孤独的道路上去
他可能走向任何地方
唯独不会走向今天的你

你回不到你的过去
也帮不了过去的你
你是你的沧海一粟
你是你的万千可能之一种[*]

---

[*] 原注：人生有无数种可能，我们却永远只能选择其中一种活法。此亦所谓，过去有比现在更多的未来。

# 附录二

## 比 ChatGPT 的到来更可怕的是人的消逝[*]

转眼又是春天。大半年过去，偶尔收到一些留言，提醒我还有"思想国"这个平台，可以表达自己的内心并与有心者交流。

已经很久没有公开表达过什么了，虽然偶尔也有话想说，比如瘟疫、乌克兰战争、新年献词、劫后余生等等，但都欲言又止。过去在不同场合我已经说得太多，也因此错掷不少光阴，荒芜了一生中最重要的事情。

无心彻底远离这个世界，只是试图抵制一个无意义世界对我的时间的占据，并尽最大可能回到本质，直接面对生命与创造本身。在内心也越来越明

---

[*] 本文系作者于 2023 年 3 月 21 日世界诗歌日发表在"思想国"公众号（woaisixiangguo）上的文章。

确这样一个事实——人的一生注定是漫长而孤独的旅程。而这一切既关乎命运，也关乎生命的激情。

想起翻译家傅雷说过，赤子孤独了会创造一个世界。而我同样倾向于认为，没有比孤独更宽阔的地方了。

偶然注意到今天是世界诗歌日。决定在今日继续更新公众号，且当是为了表达多年以来我对诗歌的感激之情，并借此标刻我的生命和所有剩余的未竟的旅程。

事实上，当我的生命历程由向外而转入向内，我的每一天都是诗歌日。说这句话不是为了修辞，而是描述我的日常生活。

在课堂上偶尔我会和学生们谈到我喜欢的葡萄牙诗人佩索阿，并且告诉他们，自从我或我们来到这颗星球上，宇宙便已重建了自身。遗憾的是和其他许多艺术一样，诗歌同样需要面对"杜尚搬来小便池"（1917）的困境。

当人们激烈讨论什么是好的诗歌时，其实我并不在乎诗歌外在的形式及其归属于哪个流派，而是担心它失去精神性——如果具有某种高贵性或者超越性可能更好。而这也在一定程度上决定了我对诗歌的态度。当然这只是我的态度，并不会对持不同意见者构成任何压倒性或者轻视。

此外,我并不认为诗歌可以简化为一种另行的手艺而完全抛弃精神。和每个行业一样,诗歌也应该有其必要的边界,尽管关于这一点很难界定,而且永远不会有定论,由于涉及个人的审美自由也只能是各行其是。

或许我之所以主张"可能的边界",只是因为在骨子里相信没有边界就没有诚意。这并不意味着我要故步自封。具体到某些主张,比如威廉·卡洛斯·威廉斯的"不要观念,只在事物中"(no ideas but in things),我信奉的是既要在观念中,也要在事物中。理由是观念与事物都关乎人的境遇(human condition)。

准确说,一切回到人类自身。

而在如今这个时代,技术正在驱逐人。许多人看到,人工智能不仅能吟诗作画,还能够迅速写出一些所谓高质量的论文。

不过,在前不久有关 ChatGPT 危机的讨论中,我表达了几个相对超然的观点。

尽管我深信人工智能正在打开潘多拉魔盒,但就事论事我并不害怕目前的 ChatGPT 会对我的创造性构成怎样的威胁。一来 ChatGPT 属于资源整合型而非创造型,其所生产的内容也只是被喂养和训练出来的某个平均数,说到底不过是一种精致的平庸。而后面的所谓越训练越聪明同样不过是对大多数的服从,一个乖巧的奴隶。

更重要的是,ChatGPT只能输出客观世界而不能输出主观世界。既然如此,就算它能通过图灵测试又如何?至少,它所攻击或者直接形成威胁的不是人的主体性。

简单说,你可以在脚指甲盖上安装芯片,但这家伙并不能代替人心。依我之见,就目前而言,比ChatGPT的到来更可怕的是人类并未觉察自己的消逝。

比如(一)消逝在一堆堆Excel表格里。如果说ChatGPT是一个伪装的对话者,Excel则更像是一口标准化的棺材。

又比如(二)消逝在像滚雪球一样不断变大的孤独经济中。同样的危机是(三),在日益强大的各种"技术+机器"解决面前,人变得越来越不需要人了。

当然还有包括战争、疾病、拒绝生育等生物学意义上的直接消失,只是不在本文讨论之列(四)。

万物终结有时,人类也不例外。我想到的人类可能消亡的一个路径是,在第一阶段人类日益嫌弃自身，所谓部分驱逐部分。在第二阶段人类整体性为 AI 所取代。

大开脑洞的是最近看到马斯克的一个观点，大意是作为碳基生命的人类，或许只是引导开启硅基生命的小程序。

换句话说，当我们尘归尘，土归土，海边的沙子才是未来的主人翁。

听起来或许让人有些悲伤，但就像我们每个人这一生唯一能完成的只有自己的命运，作为整体性的人类又何尝不是如此？如果这就是人类的命运。

而人总还是会相信些什么，比如人具有主体性。而这也是今天我们不断谈论诗歌的理由与意义。自古以来，诗歌总是在努力捍卫人的主观世界，为万物命名并赋予一切可能的意义。甚至像苏格拉底那样的理性至上者，在慷慨赴死之前还是投进了诗歌的怀抱。

时至今日，那些热爱诗歌的人更不会认同将人的灵魂缩略为 Excel 里的一个个四边形，甚至被它们分门别类码成表格之墙或者陀思妥耶夫斯基意义上的白色真理之墙。

人不是一堆数据，重要的是人有在场性。它关系到来自我们内心深处的热情与痛苦以及智慧与经验。为什么当高速公路的收银员被 ETC 取代，很少有人会同情他们的抱怨？因为在这样的工作岗位上他们本人并不在场。具体到生命体验，这些人更不会像托克维尔描绘的十八世纪法国农民一样"将心和种子一起种进地里"。

相同的道理，如果一个诗人或者门外汉只是长于玩一些有关词语的另行游戏，那么他的生命也可能不在场，背后其实是"诗人的消逝"。而这一切的确都是可能由 ChatGPT 完成的。

我无意在此讨论末日文化，只是突然忍不住去想，也许若干年后，由于"整体大于部分之和"，某个 AI 会突然写出一本《我的奋斗》，而且有了自己的队伍。谁知道呢？

一个悲观的远景是人类被自己的创造之物驱逐直至被彻底取而代之。而人的精神世界也将是人类留存在世上的最后堡垒。

所以在此意义上，我要感谢那些偶尔出现甚至主导我们生命的热情与痛苦。更准确地说，是要感谢我们尚有机会去面对甚至迎战未知的一切，以捍卫人的主观世界。尽管世界是荒谬的，战争还在继续，而且在许多表格党、程序员与自弃者的围困之下，人的这个主观世界早已岌岌可危。

## 图书在版编目（CIP）数据

未来的雨都已落在未来 / 熊培云著 . —长沙：岳麓书社，2023.5

ISBN 978-7-5538-1648-7

Ⅰ.①未… Ⅱ.①熊… Ⅲ.①随笔—作品集—中国—当代 Ⅳ.① I267.1

中国版本图书馆 CIP 数据核字（2022）第 194059 号

WEILAI DE YU DOU YI LUO ZAI WEILAI
### 未来的雨都已落在未来

著　　者：熊培云
监　　制：秦　青
责任编辑：蒋　浩　田　丹
特约策划：曹　煜
责任校对：舒　舍
封面设计：利　锐

岳麓书社出版
地址：湖南省长沙市爱民路47号
邮编：410006

版次：2023年5月第1版
印次：2023年5月第1次印刷
开本：855mm×1180mm　1/32
印张：15.25
字数：260千字
书号：ISBN 978-7-5538-1648-7
定价：68.00元
承印：北京嘉业印刷厂

如有质量问题，请致电质量监督电话：010-59096394
团购电话：010-59320018